Paul Katsitis

AF215510

Mykonos Crime 12
Putsch

Paul Katsitis

Mykonos Crime 12

Putsch

Bisher erschienen in dieser Reihe:

Mykonos Crime 1 Die Bestie von Mykor
Mykonos Crime 2 Rache
Mykonos Crime 4 Der Drei-Sterne-Mord
Mykonos Crime 5 Tattoo
Mykonos Crime 6 Skalpell
Mykonos Crime 7 Hass
Mykonos Crime 8 Sturm über Mykonos
Mykonos Crime 9 Die Maske
Mykonos Crime 10 Abseits
Mykonos Crime 11 Glut
Mykonos Crime 12 Putsch
Mykonos Crime 13 Royals

Andere Mykonos-Bücher siehe Buchende

Impressum
Titelbild: istockphoto
Copyright Paul Katsitis 2019
ISBN 9783749478248
Herstellung und Verlag:
BoD- Books on Demand, Norderstedt

Jeder Band behandelt einen abgeschlossenen Fall, sodass die Bände nicht in der Reihenfolge gelesen werden müssen.

Alle Bücher der Serie wurden in Griechenland gesetzt. Da griechische Setzer keine deutschen Fehler erkennen können, finden sich in dem Buch sicher mehr Fehler als in einem normalen Buch. Aber so bleiben wenigstens ein paar Euro in Griechenland.

Alexandros Nikakis (früher Galis), 36, war leitender Kommissar auf Mykonos und ist verheiratet mit

Angelos Nikakis, 30, war Hauptkommissar in Thessaloniki.
Nach ihrem Kennenlernen beschlossen beide, auf Mykonos eine Privatdetektei zu eröffnen. Um die Kosten für eine Kommissar- bzw. Stellvertreterstelle einzusparen, ermitteln Alex und Angelos im Auftrag der Gemeinde gegen Honorar. Ein guter Deal für beide Seiten.
Seit einem Jahr ist Angelos auch Bürgermeister.

Die beschriebenen Vorgänge rund um den Putsch von 1967 und die folgenden sieben Jahre entsprechen der historischen Wahrheit, soweit bekannt.

Die regionalen Ereignisse auf Mykonos nach 1974 sind reine Fiktion, ebenso die handelnden Personen. Die Mykonos-Papers gab es nie. Die meisten Dokumente aus der Diktatur gingen aber „verloren". Bis heute wird über diese Zeit in Griechenland wenig gesprochen.

Dass der über Mykonos herrschende Oberstleutnant Karamanlis denselben Namen trägt wie der erste demokratische Premierminister nach 1974, ist reiner Zufall.

Die neu gewählte griechische Regierung hat – nach jetzigem Stand – nichts mit Rechtsradikalen zu tun, auch wenn das Asylrecht in der Universität abgeschafft wurde.

Mykonos, 2019

Nikos Karamanlis zwängte sich ins Cockpit. Er stöhnte.

Ich sollte vielleicht ein wenig Sport machen, dachte er. Das Einsteigen fiel mir schon mal leichter. Andererseits war es ungewöhnlich heiß. Dass das Thermometer auf Mykonos über 30 Grad steigt, ist selten, denn die Ägäis kühlt die Luft meist etwas herunter. Eine Höllenhitze wie in Athen war hier nicht möglich. Aber dafür ist die Feuchtigkeit in der Luft schlimmer als auf dem Festland.

In der Beechcraft Bonanza brodelte es regelrecht. Backofen.

Kein Wunder – sie stand den ganzen Tag in der prallen Sonne.

Das wird ja heiter, dachte Nikos.

Er ging seine Checkliste durch und startete die Maschine. Aber er musste warten.

Das gibt's doch nicht. Ein Stau auf diesem Provinzflughafen? Aber genau so war es. Ab 15 Uhr fliegen die Chartermaschinen aus Deutschland, England und Italien zurück – nachdem sie ihre Ladung Touristen ausgespien und die Rückfluggäste aufgenommen hatten. Und die großen Maschinen haben Vorfahrt. Es ist auch besser so. Kleine Maschinen haben mit Wirbelschleppen zu kämpfen, Turbulenzen, die größere Maschinen erzeugen und hinter sich herziehen.

Wirbelschleppen haben schon größte Flugzeuge zum Absturz gebracht.

Daher achtet jeder Tower auf einen Zeitabstand von 90 Sekunden zwischen zwei Starts. Kommt ein kleines Flugzeug in eine Wirbelschleppe, ist es verloren.

Dann lieber warten.

Vor ihm warteten eine Volotea, eine Eurowings und eine Aegean. München, nochmal München und Saloniki. Nikos war Nummer vier.

Tower: Beechcraft 478, Mykonos Tower, hallo, cross runway 24.
Pilot: Cross runway 24, Beechcraft 478.
Pilot: Beechcraft 478, ready for departure.
Tower: Beechcraft 478, line up runway 32R and wait behind Volotea.
Pilot: Line up runway 32R and wait behind Volotea, Beechcraft 478.
90 Sekunden später.
Tower: Beechcraft 478, wind 310 degrees, 9 knots, runway 32R, cleared for take-off, tschüss.
Pilot: Runway 32R, cleared for take-off, Beechcraft 478, schönen Tag.

Er beschleunigte auf der Startbahn.

600 m.

Nikos wunderte sich. Das reicht normalerweise für ‚Rotate'. Nach dem Start hieß es auf Mykonos: Linkskurve, um anfliegenden Maschinen nicht in die Quere zu kommen. Je später er abhob, desto enger würde der Radius. Und alles passierte in Bruchteilen einer Sekunde.

Soll ich abbrechen, rang Nikos mit sich selbst.

800 m.

Was ist hier los? Bin ich zu langsam? Karamanlis sah auf die Geschwindigkeitsanzeige.

Vollkommen normal.

900 m.

Es musste der Wind sein. Flugzeuge starten immer gegen den Wind, sonst ist der Auftrieb zu gering.

Aber der Tower hatte die Startrichtung festgelegt. Der Wind kann nicht gedreht haben. Nachfragen konnte Nikos aber nicht.

Bei 1000 m hob die Beechcraft endlich ab.

Was zum Teufel war das? Gut, Hauptsache oben. Aber er war keineswegs oben.

Hier stimmt etwas gar nicht, dachte Nikos und begann, sich zunehmend unwohl zu fühlen.

Ich habe 2.000 Flugstunden und manch knifflige Situation gemeistert, Aber dies?

Die Maschine gewann fast nicht an Höhe. Nikos erhöhte die Geschwindigkeit, aber die Beechcraft stabilisierte sich dennoch nicht. Sie flog mehr als nur instabil.

Mit Mühe erreichte er das Funkgerät.

„Tower Mykonos. Beechcraft 478. Pan pan, pan pan, pan pan!"

Ein Mayday war ihm doch zu peinlich.

„Beechcraft 478. Was ist ihr Problem?"

„Technisches Problem. Ich muss wieder landen!"

„Beechcraft 478. Verstanden. Runway 32, Anflug von Süden! Rückenwind 12 Knoten"

Wie zum Teufel soll ich so eine Kurve hinbekommen? Die Beechcraft machte, was sie wollte.
Dann erst kam ihm der richtige Gedanke. Das Höhenruder. Die Trimmung. Aber sie reagierte nicht.
Nikos war gerade mal auf 800 Fuß, viel zu niedrig und zu langsam, um reagieren zu können.
„Tower Mykonos. Beechcraft 478. Mayday, mayday, mayday. Ich stürze ab."
Vollkommen irritiert achtete er nicht auf die Geschwindigkeit.
Strömungsabriss.
Die Beechcraft kippte nach links. Der Sturzflug dauerte gerade mal vier Sekunden. Dann krachte das Flugzeug in ein Wohnhaus.
Beechcraft 478 war final gelandet.
Paradise Beach liegt nur knapp einen Kilometer südlich. Für Nikos ging es aber in ein anderes Paradies. Zumindest hoffte er dies.
„Beechcraft 478?"

1

22. April 1967
Mykonos

Giorgios Karamanlis saß in seinem neuen Büro im Rathaus von Mykonos. Er sah durchs Fenster auf die neue, befestigte Uferpromenade. Noch im letzten Jahr sind die Touristen durch den Sand gelaufen, vorbei an den zahlreichen Fischer-booten. Jetzt sieht es endlich ordentlich aus, dachte Karamanlis.

Ordentlich war sein Lieblingswort. Nichts war ihm so zuwider wie Durcheinander oder Chaos. Und mit dem Wort Chaos war das Griechenland der letzten Jahre exakt beschrieben. Demokratie, Streit, Linke, Sozia-listen, Kommunisten – das alles hat mein Vaterland in einen unregierbaren Staat verwandelt. Das große Griechenland, das die Philosophie erfunden hat, Wiege der europä-ischen Zivilisation: es war systematisch ruiniert worden.

Es musste endlich aufgeräumt werden, um Griechenland wieder stark zu machen. Damit Ordnung herrscht.

Und das können nur wir: das Militär. Die Parteien denken nur an sich und plündern den Staat aus. Damit war seit gestern Schluss.

Jetzt wird ausgemistet. Gnadenlos. Wir müssen gnadenlos sein. Alle schädlichen Elemente ausradieren, dachte Karamanlis.

Überall im Land hatten die Kameraden bereits in der vergangenen Nacht damit begonnen, die Feinde Griechenlands zu verhaften und wegzusperren. Man hätte sie gleich an die Wand stellen sollen, dachte Karamanlis. Ein Fehler. Aber ansonsten war er zufrieden.

Pattakos und Papadopoulos hatten ganze Arbeit geliefert. Alle Schaltstellen der Macht waren in den Händen der Armee. Es lief glatter als gedacht. Nur die Marionette, der König, zierte sich noch. Zögerlich und zaudernd wie immer. Aber es würde auch ohne Konstantin gehen. Er spielte keine Rolle mehr. Das wichtigste Signal kam aus der amerikanischen Botschaft. In Washington sähe man auch lieber ein ordentlich geführtes Griechenland. Vor allem präferierte man Regierungen ohne Sozialisten und Kommunisten. Papandreu war den Amerikanern sehr lästig geworden. Und so hieß es: grünes Licht.

Karamanlis war regelrecht euphorisch. Vom Fenster aus sah er diskutierende Menschen auf der Promenade. Heftig gestikulierend. Einige der Gesichter kannte er. Sozialisten.

Genießt eure letzten freien Minuten, ihr Idioten, dachte Karamanlis. Bald sitzt ihr auf Gyaros. Einem kahlen Felsen im Meer. Unbewohnt. Das kleine Eiland hatten die Militärs als Internierungsort für Schädlinge ausgewählt. Ein Ort, an dem man nur sterben konnte. Häuser und Baracken gab es keine und es sollten auch keine errichtet werden. Die Herren Sozialisten und Kommunisten abladen – und auf Wiedersehen.

Pattakos, zweiter Mann der Junta, hatte ihm vor drei Tagen mitgeteilt, dass man ihm, Karamanlis, viel zu verdanken habe. Was auch stimmte. Er war es, der mit Aristoteles Onassis befreundet war und hatte bei diesem vorgefühlt, wie er und die restlichen Großreeder zu einem Regimewechsel stehen würden. Aus Rücksicht auf seine Geschäfte mit den westlichen Demokratien, so sagte Onassis, könne er sich nicht offen für einen Putsch aussprechen. Aber natürlich unterstütze er jede Regierung, die das Chaos in den Griff bekommt. Und die vor allem die Gewerkschaften zähmen oder am Besten ganz verbieten würde. An der Stelle musste Karamanlis grinsen, denn er hatte geahnt, dass dies der Knackpunkt sein würde. Die Zusage konnte er geben. Streikverbot. Bei Zuwiderhandlung würde geschossen. Ein Traum für jeden Unternehmer.

Karamanlis hätte einen hohen Posten in der neuen Regierung in Athen bekommen können. Doch er bat darum, Gouverneur der Kykladen zu werden und Mykonos zu deren Hauptstadt zu machen. Pattakos war ganz erstaunt über so viel Bescheidenheit.

Ich möchte meine Heimatinsel selbst aufräumen und zu einem Vorbild für ganz Griechenland machen, erwiderte Karamanlis.

Und so ging er am Tag nach dem Putsch von Bord eines Patrouillenboots der Marine und „besetzte" Mykonos. Ohne jeden Widerstand.

Selbst Vlachou, bis dahin Bürgermeister, räumte widerstandslos seinen Posten. Sie kannten sich von früher, waren zusammen in dieselbe Schule gegangen.

„Ihr ruiniert unser Land. Und ihr seid Mörder", hatte es Vlachou gewagt, zu sagen.

„Im Gegenteil. Wir reinigen. Wir säubern. Und Dreck wie du wird beseitigt. Du kannst nach Hause und dort wirst du dich von deiner Familie verabschieden. Morgen früh erwarte ich dich hier. Und denk nicht mal an Flucht. Du weißt, es wäre sinnlos."

Dann würde der ehemalige Bürgermeister von Mykonos seinen Parteigenossen nach Gyaros folgen. Und dort hoffentlich verrecken, dachte Karamanlis. Es war soweit. Er war der Herrscher über all diese Inseln. Und bei Gott. Jeder, der ihn einmal verspottet hatte, würde dafür bezahlen. Ausnahmslos jeder.

Pattakos´ Vorgabe aus Athen lautete nur, dass die Säuberung bis Ende Mai beendet sein müsste. Denn dann beginnt die Touristen-Saison. Und die neue Regierung braucht dringend Devisen. Also zieh dann Samthandschuhe an, warnte ihn Pattakos.

Und noch eines: du lässt die Schwulen auf Mykonos in Ruhe. Wir brauchen kein Geschrei von irgendwelchen Prominenten in westlichen Medien. Karamanlis wollte schon protestieren. Ihm waren die Sodomiten auf seiner Heimat-insel mehr als nur ein Dorn im Auge.

Überall machten sie sich breit. Ungeniert. Seit zehn Jahren werden es immer mehr.

„Das wird den Metropoliten nicht erfreuen", wand Karamanlis vorsichtig ein.

„Wir lassen dir freie Hand auf den Kykladen. Aber ich will keinen Eklat oder ähnliches. Verstanden? Das ist ein Befehl!"

„Wollten wir nicht gerade diese Elemente vernichten?", begann Karamanlis erneut.

„Ein paar Schwule stören unsere Mission nicht. Und bevor du wieder mit dem Metropoliten anfängst: das Vorgehen ist mit der Kirche abgesprochen. Sie haben zugestimmt. Dafür erhalten sie mehr Einfluss auf die Regierung. Und eine neue Kirchensteuer!"

Als gläubiger Orthodoxer wollte Karamanlis der Kirche nicht widersprechen. Obwohl im Alten Testament steht ...

Dann fiel es ihm ein.

Es gab vor Jahren Gerüchte, dass Pattakos gerne Partys in seinem Hause gab. Anwesend waren immer nur junge Kadetten.

Glatteis.

Karamanlis ging zurück zu seinem Schreib-tisch. Aus einer Schublade holte er eine Liste.

Die Liste mit den Namen derjenigen, die bald Gäste auf Gyaros werden sollten.

Die Namen der Sodomiten strich er.

Befehl ist Befehl.

2

7 Jahre später, 1974, Mykonos.

Giorgios Karamanlis griff erneut in sein Döschen Lorazepam. Nur so hatte er sich einigermaßen im Griff. Sonst wäre er schon längst zusammengebrochen.
Warum bin ich nicht geflohen, fragte er sich zum wiederholten Male. Ich könnte schon längst in Beirut sein, dachte er. Aber das wäre Desertion, schließlich war er Militär.
Diese Idioten in Athen hatten es vermasselt. Überall Demonstrationen für Demokratie. Demokratie. Karamanlis schnaubte verächtlich. Chaos. Das wird die Folge sein.
Hätte man in Athen nur zwei Maschinen-gewehre aufgestellt, einmal kräftig in die Menge gehalten, wäre der Spuk schnell vorbei gewesen. Aber nein. Man ließ die Hetzer von links ungestraft ihre Parolen verbreiten. Besonders an der verfluchten Universität. Pattakos und Papadopoulos waren schon von den eigenen Leuten weggeputscht worden. Kameraden intrigieren gegen Kameraden, anstatt an die gemeinsame Verantwortung für Griechenland zu denken. Versager.
An Zypern wollte er schon gar nicht denken. Da lassen die Herren in Athen auch auf Zypern putschen und dieses Schwein Markarios absetzen. Da schien der Traum der Griechen, die Enosis, die

Vereinigung mit Zypern, endlich nahe. Leider hatte man vergessen, die Nordküste mit Marine und Truppen abzusichern. Es wäre ein leichtes gewesen, die türkische Invasion zu stoppen. Ein Drittel der Bevölkerung ist zwar türkisch, aber man hätte die führenden Köpfe nur verhaften müssen. Ohne Führung hätten sich die Türken gebeugt. Jetzt waren die türkischen Truppen gelandet und hatten schon weite Teile Zyperns besetzt und alle Griechen vertrieben. Wie konnte die griechische Armee es soweit kommen lassen, dachte Karamanlis. Die Antwort hatte er schnell parat: die Amerikaner. Sie hatten die Seiten gewechselt. Aus durchsichtigen Gründen. Die Türkei war ihnen zwischenzeitlich wichtiger geworden. Die Türken hatten gedroht, die Raketen an der sowjetischen Grenze abzuziehen. Und schon war es vorbei mit den Freundlichkeiten für Griechenland und das Militärregime. Die Amis wussten von der türkischen Invasion und haben uns nicht gewarnt, geschweige denn sie verhindert. Verräter. Ich habe Athen gewarnt und für eine vorsichtige Annäherung an Moskau plädiert.

Der große Weltstratege Karamanlis aus Myko-nos glaubte, als Einziger die Zusammenhänge erkennen zu können. Seiner Ansicht nach war Mykonos der einzige Ort, an dem das neue Griechenland Wirklichkeit wurde. Ordentlich, regierungstreu und befreit von dem mensch-lichen Müll, der als Kommunist oder Sozialist zum Landesverrat aufrief.

Es roch in seinem Büro im Rathaus an der Uferpromenade auf Mykonos. Auch seine Uniform roch. Nach Rauch. Schon vorgestern hatte er angeordnet, dass alles im Innenhof verbrannt wird. Sämtliche Papiere.

Wann würden sie kommen? Die neuen Herren, die wieder alles zerstören würden.

Die Hälfte der Angestellten hatte sich bereits verdünnisiert. Opportunisten.

Eine treue Hand war ihm geblieben, Sokrates. Der betrat Karamanlis´ Büro vollkommen aus der Puste.

„Sie kommen, Herr Oberstleutnant. Aber wir sind mit dem Verbrennen noch nicht fertig", sagte er verzweifelt.

Mist, dachte Karamanlis. Unter keinen Umständen durfte das Material dem Gegner in die Hände fallen. Denn Karamanlis und andere Militärs hatten dezent in einer der konservativen Oppositionsparteien ein Netzwerk aufgebaut, um die neue Regierung steuern zu können. Dass er damit selbst zum Opportunisten wurde, kam Karamanlis nicht in den Sinn. Er dachte – ganz pragmatisch -, dass er mit Verbindungen und Korruption seiner Strafe entkommen könnte. Wenn nicht, würde er wegen Mordes im Gefängnis landen. Schließlich hatte er über 30 Inselbewohner nach Gyaros geschickt.

Nur einer hat überlebt.

Er hatte den Kommandanten von Gyaros gebeten, eine letzte Liquidation vorzunehmen, aber auch der hatte schon die Seiten gewechselt. Verrat allerorten.

Karamanlis schaute aus dem Fenster. Sie kamen näher, warteten offensichtlich aber noch auf Verstärkung.

„Sokrates, hör mir zu. Ich habe hier einen Karton, der unter keinen Umständen in deren Hände gelangen darf. Schaff ihn irgendwie aus dem Haus. Zur Not heute Nacht und vergrabe ihn auf Delos. Neben der Löwenskulptur.

Sonst gehen wir alle unter. Und ich meine nicht nur hier, sondern in ganz Griechenland. Du mach dir mal keine Sorgen. Wir werden uns um dich und deine Familie kümmern. Wir lassen Kameraden nicht im Stich. Zumindest ich nicht. Aber du musst das erledigen!"

„Zu Befehl, Herr Oberstleutnant. Neben der Löwenskulptur!"

Er verließ das Zimmer, drehte sich noch einmal um und sagte:

„Es war mir eine Ehre. Es lebe Groß-Griechenland!"

Äh ja, damit wird es vorläufig nichts, dachte Karamanlis. Aber unsere Zeit wird wiederkommen. Delos war eine gute Idee. Dort durfte nicht gebaut werden. Auf Mykonos schossen neue Häuser aus dem Boden. Vergraben war schwierig, denn irgendwann würde man die Kiste finden. Und das durfte nicht passieren.

Wieder blickte er aus dem Fenster.

Jetzt kamen sie.

Karamanlis überprüfte im Spiegel, ob seine Uniform auch richtig saß.

Poltern auf den Stufen, dann ging die Türe auf. Vlachou. Natürlich. Hätte ich ihn nur erschossen.

„Was fällt dir ein, hier einfach so hereinzuplatzen", blaffte Karamanlis.

Vlachou lächelte.

„Immer noch der gleiche arrogante Sack. Deine Zeit ist vorbei. Der Wind hat sich gedreht. Und du wirst bezahlen. Für alles, was du mir und den anderen 29 angetan hast. Dein Pech, dass ich überlebt habe!"

„Ich bereue nichts. Außer dich am Leben gelassen zu haben!"

„Das glaube ich dir. Du hast es ja bis zuletzt versucht, nicht wahr?"

„Ah, selbst auf Gyaros nur Verräter!"

„Nein. Demokraten. Wahre Patrioten!"

Karamanlis lachte.

„Patrioten! Euch ist Griechenland doch vollkommen egal. Ihr habt dieses Land schon einmal ruiniert. Und diese Insel. Meine Heimat!"

„Sie ist auch meine Insel. Und du hast sie in einen Friedhof verwandelt. Aber genug geschwafelt. Nehmt ihn fest!"

Vlachou gab den beiden Polizisten ein Zeichen.

„Halt. Du hast mir damals auch einen letzten Abend mit meiner Familie erlaubt. Dies gewähre ich dir auch."

Und dann sagte er den gleichen Satz, den Karamanlis vor sieben Jahren zu ihm gesagt hatte: „Und denke nicht an Flucht!"

Nein, dachte Karamanlis.

Ich will nur noch meinen Sohn sehen.

Gut. Auf dem Papier habe ich zwei. Aber nur der eine hat mir immer Freude bereitet.

Der andere würde 45 Jahre später mit dem Flugzeug abstürzen.

Und damit sollte eine Lawine ausgelöst werden.

3

Ornos, Mykonos, 2019

„Das sieht doch super aus", sagte Hauptkommissar und Bürgermeister Angelos Nikakis zu seinem Ehepartner Alexandros Nikakis, ebenfalls Kriminalbeamter.

Sie hatten sich bei einem Einsatz kennengelernt. Alexandros, damals Kommissar von Mykonos, wollte seinen Kollegen Angelos verhaften. Der war in Urlaub auf Mykonos und arbeitete eigentlich als Hauptkommissar in Saloniki. Bei einer Verkehrskontrolle hatte ein Streifenbeamter Angelos aufgehalten und wegen glasiger Augen festgehalten. Nachdem er Angelos´ Dienstausweis gesehen hatte, rief er vorsichtshalber seinen Chef, Alex.

Zu einer Verhaftung kam es nicht. Stattdessen nahm Alex Angelos mit zu sich nach Hause.
Eine Woche später heirateten sie.
Und nach fast zwei Jahren hatte es noch keiner der beiden bereut. „Kletten" nannte man die beiden seither. Vor einem Jahr kandidierte Angelos als Bürgermeister, um einen rechten Kandidaten zu verhindern – und gewann.
„Zweifellos der schönste Bürgermeister Griechenlands", legte Angelos nach.
„Bescheiden wie immer. Aber zugegeben: es sieht wirklich gut aus!"
„Es" war ein kleines Poster aus der griechischen Vogue, die vor zwei Monaten den (dämlichen) Wettbewerb „Schönster Bürgermeister des Landes" veranstaltet hatte.
Als Preis gab es natürlich kein Geld, sondern zwanzig Computer für die örtliche Schule des Gewinners. Nur deswegen nahm Angelos teil. Natürlich auch, weil er sich sicher war zu gewinnen. So freute sich die Venizelos-Grundschule am Fabrika-Platz im Zentrum von Mykonos über die neuen Geräte.
Zunächst war Alex sauer, denn er wollte eben nicht, dass sein Mann in fremden Wohnungen an der Wand hing. Als Vorlage für …, wie er meinte. Andererseits war Alex auch irgendwie stolz, denn Angelos war nun einmal schlicht: schön.
„Und wieviel Fanpost hat der Herr Bürgermeister bisher bekommen?", knurrte er.

„Äh, na ja, ein paar", sagte Angelos und Alex wusste, dass er log.

„Muss ich erst Maria fragen?"

Maria leitete die normale Polizei und hatte ihr Büro im Rathaus. Sie bekam alles mit.

„Fünfhundertzwölf. Maria zählt sie", stöhnte Angelos. „Aber zu deiner Beruhigung: ich habe keinen beantwortet!"

„Das wäre auch noch schöner!"

„Eifersüchtig? Freut mich", sagte Angelos grinsend.

„Ich habe einen Teufel als Mann", knurrte Alex.

„Aber einen schönen Teufel", lautete die zwangsläufige Antwort. Und beide lachten.

Es hätte ein ruhiger Abend werden können.

Doch sie hörten die Sirenen der Feuerwehr.

„Oh, nein. Bitte lass es einen Buschbrand sein", knurrte Alex. Er wusste: der Bürgermeister MUSS sich bei jedem Brand sehen lassen.

Die Hoffnung jedoch verflog schnell. Angelos´ Handy brummte. Es war Maria.

„Hallo, Schöner. Tut mir leid. Aber wir brauchen dich. Ein Absturz am Flughafen!"

Angelos fröstelte. Er dachte an eine der Charter-maschinen mit Hunderten von Passagieren.

„Ein Kleinflugzeug. Wahrscheinlich nur der Pilot", ergänzte Maria die erste Meldung.

„Sag das doch gleich", knurrte Angelos.

„Aber: der Pilot war Nikos Karamanlis!"

„Oh verflucht", schimpfte Angelos.

Nikos war der Vorsitzende der konservativen Partei auf der Insel.

„Das gibt Ärger", sagte Angelos zu Alex.
Und das war die Untertreibung des Jahres.

4

Sie erreichten die Absturzstelle. Sie lag
südöstlich des Flughafens. Die Maschine war
in ein Haus gekracht, das Gott sei Dank unbe-
wohnt war. Die Gegend um den Flughafen galt
nicht gerade als bevorzugte Wohngegend. Den
Lärm und Gestank wollte sich niemand antun.
„Wem gehört das Haus?", fragte Angelos.
„Sahas. Der klang eher erfreut als bestürzt. Ganz
komisch", antwortete Maria.
Angelos lachte.
„Na, ich hätte auch gejubelt. Eine wertlose
Bruchbude, unverkäuflich, wird plötzlich zur
Geldquelle. Denn die Versicherung muss zahlen!",
sagte Angelos.
„Immerhin keine Opfer und wir brauchen keine
Ausweichquartiere für die Hausbewohner", fügte
er hinzu.
„Sehr pragmatisch, Herr Bürgermeister. Dennoch
ist ein Mensch tot", lautete Alex´ Kommentar.

„Sollte ich mich jetzt hinknien und beten?", knurrte Angelos.

„Klingt zwar pietätlos, aber Karamanlis war ein ausgewiesenes Arschloch. Du hast ihn im Stadtrat ja nicht erlebt", regte sich Angelos auf.

„Beruhige dich, Angelos. Ich kannte Karamanlis länger als du. Und Arschloch ist eine viel zu freundliche Bezeichnung",

„Haben wir schon eine Aussage vom Tower?" Maria nickte.

„Ja. Der Pilot hat nach dem Start technische Probleme gemeldet und wollte umkehren und notlanden."

„Und die Linkskurve hat er nicht mehr geschafft", sagte Angelos.

„Der Tower meinte, die Bonanza hätte schon beim Start gezickt. Wäre fast nicht abgehoben! Dann gewann sie nicht an Höhe und schmierte nach links ab. Vorher hatte Karamanlis ‚Mayday' gefunkt!"

„Bonanza?", fragte Alex. „Namen lassen sich die Herren Großverdiener einfallen."

„Alex, der Typ heißt so. Eine Beechcraft Bonanza", erklärte Angelos. „Beliebtes Kleinflugzeug. Eigentlich sehr zuverlässig!"

„Ich hatte vergessen, dass Herr Bürgermeister Marineflieger war", antwortete Alex.

„Wenn du mich noch einmal ‚Herr Bürgermeister' nennst, dann gibt's zwei Wochen keinen Sex, verstanden?"

Alex entgleiste das Gesicht. Und Maria lachte.

„Schöner, da hast du deinem Mann aber einen gehörigen Schreck eingejagt!"

Angelos grinste. „Das zieht immer. Und jetzt weiter im Text. Tower? Funkverkehr?"

„Mehr gab es nicht. Zum Schluss hat er ein ‚Mayday' abgesetzt. Und dann ging´s schon steil nach unten", berichtete Maria.

„Klingt nach Strömungsabriss. Zu langsam?"

„Vermutet der Lotse auch. Und sie lag nach dem Start sehr unruhig in der Luft. Ihm kam sie zu langsam vor."

„Haben sie schon die Flugaufsicht informiert?", fragte Angelos.

„Ja. Aber die kommen erst morgen. Ist ja nur ein kleiner Unfall. Wir sollen absperren!"

„Die Leiche?"

„Hat die Feuerwehr schon in die Klinik gebracht. War aber vollkommen verkohlt. Schließlich war der Tank randvoll", sagte Maria.

„Der arme André", warf Alex ein. André war der Chefarzt der größten Klinik und damit Hilfspathologe. Leider verfügte er über einen nervösen Magen. Beschädigte Leichen setzten ihm schwer zu. Und Brandleichen, die in der Regel um fünfzig Prozent schrumpfen durch den Wasserverlust und noch dazu grotesk verrenkte Gliedmaßen aufweisen, waren schon gewöhnungsbedürftig.

„Ich kann unmöglich zu der Witwe. Die ist noch schlimmer als ihr Gatte", jammerte Angelos.

„Das mache ich. Dafür drohst du vier Wochen lang nicht mehr mit Sexverbot", meinte Alex.

„Oh danke. Das Sexverbot würde ich doch selbst nicht durchhalten", sagte ein grinsender Angelos. „Maria, wann kommen die Ermittler?"

„Nicht vor zwölf morgen!"

„Wenigstens eine anständige Zeit!"

Wenn Alex und Angelos etwas nicht leiden konnten, war es früh aufzustehen. Und dann bedarf es noch dreier Espressi, bis sie ansprechbar waren.

„Dann wären wir ja fertig. Maria, lass bitte die Straßensperrung aufheben. Die Menschen brauchen ja Fotos für ihren Instagram-Account", knurrte Angelos.

„Wir müssen aber nicht in die Klinik?", fragte Alex.

„Nein. Was sollten wir da? Die Todesursache scheint doch klar", sagte Angelos und zeigte auf das Wrack.

Alex war erleichtert. Auch er konnte auf den Anblick verzichten. Er hatte zwar schon geköpfte oder gepresste Leichen gesehen, aber auch für ihn waren Brandleichen kein Vergnügen.

Auf dem Weg zum Auto hielt Angelos plötzlich inne.

„Was ist denn das?"

Er bückte sich und hob ein Stück angesengtes Papier hoch.

Nur unten rechts war noch ein unverbranntes Stück übrig.

„Der Rest einer Unterschrift, ein Dienstsiegel und das Datum", erklärte Angelos.

„Das ist aber komisch. Der 21. Juli 1974!"

„Zwei Tage vor Ende der Militärdiktatur", sagte Alex. „Nicht, dass ich so alt wäre, dass ich mich …"

Angelos lachte.

„Du bist zwar ein alter Mann, aber nicht so alt!"

„Unverschämtheit!"

Alex war 36 und Angelos 30.

„Was will jemand 2019 mit einem amtlichen Dokument von 1974? Und was will er damit in Athen?" Denn laut Flugplan war die Maschine unterwegs in die Hauptstadt.

Eine Antwort erwartete Angelos nicht.

Aber ihn beschlich die Ahnung, dass hinter dem Absturz mehr als nur ein technischer Defekt stand.

Der Tote war immerhin Vorsitzender der örtlichen Konservativen.

Und der Sohn des früheren Insel-Diktators während der Militärherrschaft.

„Zufall?", wand Alex ein.

„Im Leben nicht", antwortete Angelos.

„Dann sollten wir den EYP informieren", sagte Alex. Der EYP war der allgemeine Geheimdienst, zuständig für inländische und ausländische Ermittlungen.

„Nur wegen eines Zettels? Nein, wir brauchen zunächst die Flugermittler. Wenn es kein Pilotenfehler war, sondern Mord durch Manipulation am Fluggerät: dann ja", antwortete Angelos.

Er aber ahnte es schon: Der Pilotenfehler wäre zu schön als Erklärung.

5

Am gleichen Tag
Luftwaffenstützpunkt Kavala

Die zwei Männer trafen sich gegen 21 Uhr im Büro des einen. Am Stützpunkt Kavala war es ruhig. Kaum eine Menschenseele war zu sehen. Die Türken gaben die letzten Wochen Ruhe und ließen den Luftraum Griechenlands unverletzt.

Zum ersten Mal seit Jahren. Noch im letzten Jahr gab es 224 derartige Zwischenfälle. Und jedes Mal mussten zwei Abfangjäger starten. Aus Gründen der nationalen Ehre Griechenlands. Weniger, um den Türken Angst einzujagen. Die wussten, dass die hellenische Luftwaffe nicht den Hauch einer Chance hätte. „Die haben nicht einmal genügend Kerosin", spottete der türkische Generalstabschef immer öffentlich.

Aber nun herrschte Ruhe.

Es war so ruhig, dass man heimliche Treffen auch im Stützpunkt abhalten konnte. Ungefährlicher als außerhalb, wo immer jemand mit Smartphones herumfuchtelte und Fotos schoss.

„Ist der Verräter eliminiert?", fragte Mann B.

„Es heißt neuerdings ‚neutralisiert'. Erfindung der Amerikaner!", antwortete Mann A.

„Gott sei Dank müssen wir immer alles nachmachen", spöttelte B.

„Um deine Frage zu beantworten: ja. Er hatte einen Unfall!"

„Hoffentlich hatte er Schmerzen, dieses Schwein. Wenn ich nur daran denke, dass er der Sohn eines unserer Helden war. Sein Vater muss doch im Grab rotieren", erzürnte sich B.

„Bestimmt. Karamanlis war damals einer der wenigen Standhaften. Hätte es damals nur mehr davon gegeben, dann wäre Griechenland heute ein vorbildlicher Staat. Und Zypern wäre unser! Wenigstens ist sein zweiter Sohn in der richtigen Spur", stimmte A in die Klage ein.

„Ja. Aber wichtiger ist die Gegenwart. Sonntag ist es endlich soweit. Die Linken werden hinausgefegt und das ganz ohne Panzer. Per Stimmzettel. Die Demokratie wählt sich selbst ab! Köstlich!"

B lachte lauthals.

„Aber es war knapp. Beinahe …"

„Gott steht auf unserer Seite. 1974 war er kurzzeitig abwesend. Wahrscheinlich hatte er an diesem Tag Durchfall!"

Nun wieherte B ob seines gelungenen Scherzes.

„Ich warne dich. Es wird gefährlich und alles andere als einfach. Unserer Gegner werden nicht so leicht aufgeben wie damals. Wir müssen auf der Hut sein", mahnte A.

„Das Volk ist auf unserer Seite. Sie haben die Schnauze voll von Kürzungen und Demütigungen. Dann können wir die EU-Aufpasser endlich aus dem Land werfen. Zeit wird es. Am besten treten wir aus!"

A sagte zunächst nichts.

Das Volk. Das Volk hängt sein Fähnchen in den Wind. Nicht umsonst hatte das Volk bei jeder Wahl seit 1974 die Regierung gewechselt. Gäbe man dem Volk 100 Euro mehr im Monat, würden sie auch für die Wiedereinführung der Monarchie stimmen. Für 200 Euro würden sie wieder eine Toga tragen. Es würde einer harten Hand bedürfen und viel Geschick, denn heutzutage ist kein Staat mehr souverän. Und Griechenland schon gar nicht. Jeder redet hier mit. Brüssel, Berlin, Washington. Selbst diese Halbwilden, die sich Mazedonier nennen.

„Über solche Dinge wie die EU und die NATO soll Athen entscheiden. Lass uns erst mal an die Hebel der Macht kommen. Dann können wir loslegen", sagte A.

„Also keine Fehler. Du hast ein Auge auf Mykonos, verstanden? Und unterschätze diesen Nikakis nicht. Hier hast du seine Akte!"

B warf einen kurzen Blick hinein.

„Schwul und trotzdem Bürgermeister? Das wird es in Zukunft auch nicht mehr geben!"

A wurde zusehends ungehalten.

„Die Gegenwart! Sonst gibt es keine Zukunft. JETZT darf nichts passieren. Und Karamanlis hat zu mir einmal gesagt, der Typ ist schlau und verschlagen! Seine Vorgesetzten bei der Marine waren voll des Lobes. Drei Mal befördert außer der Reihe. Schau in die Akten. Danach das gleiche bei der Kripo in Thessaloniki. Hinzu kommt, dass er ein Jahr auf der Hochschule der deutschen Polizei war! Der macht mir große Sorgen."

„Zur Not kommt er weg", meinte B lapidar.

A platzte.

„Natürlich. Wir legen eine Spur zu uns, weil wir jeden umbringen, der uns stören könnte. Wach auf! Die Zeiten sind andere. Medien, zig TV-Kanäle, Facebook …"

Face..was?, dachte B.

A holte erneut Luft.

„Nikakis hasst uns! Er hat ja nur als Bürgermeister kandidiert, um zu verhindern, dass einer von uns gewählt wird. Es war eine Blamage für uns. 90% stimmten für Nikakis!"

„Mykonos war schon immer links und subversiv. Und voller Sodomiten", ätzte B.

„Nikakis ist auch nicht links. Er hat sich mehrmals mit der Syriza-Regierung angelegt. Er ist politisch gar nichts und das sind die Gefährlichsten. Und du unterstehst dich, das Wort ‚Sodomit' zu verwenden. Sonst kriegen wir einen Shitstorm, wenn du überhaupt weißt, wie man das schreibt!"

Shit…was?, dachte B.

„Beruhige dich. Ich habe es verstanden. Ich habe dafür gesorgt, dass einer der Ermittler für den Absturz zu uns gehört. Der kann alles vertuschen!"

„Sei mal nicht zu zuversichtlich. Nikakis war Marinepilot. Der versteht was von Flugzeugen!"

B schnaubte.

„Marineflieger. Ein Witz!"

Die Luftwaffe hält – in allen Ländern der Welt – die Marineflieger für zweitklassig. Keine „richtigen" Piloten.

Dieser Mann nimmt alles auf die leichte Schulter und gefährdet alles. Ich werde alles im Blick behalten müssen, sonst verhunzt der uns alles, dachte A. Diese Mittelmäßigkeit war einer der Hauptgründe dafür, dass unser erster Versuch 1967 so kläglich gescheitert war.

Ignoranten voller Arroganz wie mein Gegenüber.

„Ich hoffe, du erfüllst deine Aufgabe. Sonst kannst du deinen Generalsrang vergessen! Wir sind fertig. Wir sehen uns übermorgen!"

„Zu Befehl", antwortete B und verließ den Raum. A blieb nachdenklich zurück.

A war: General Kollias, Luftwaffengeneral.

Und Vorstandsmitglied der konservativen Partei Griechenlands.

6

Mykonos, Ornos

Wenn ich noch einen Bericht über diese bescheuerte Wahl ansehen muss, erschieße ich mich", raunzte Angelos. Die Herren saßen vor dem Fernseher, was selten vorkam.

„Je weniger man sieht, desto weniger muss man sich aufregen. Jeden Tag wird eine neue Sau durchs Dorf getrieben und jeder hat zu allem sofort eine Meinung. Auch wenn es der ungebildetste Trottel ist", pflegte Angelos zu sagen und Alex war – wie fast immer – seiner Meinung. Nicht, weil er Angelos nach dem Mund redete. Nein, sie passten schlicht so gut zusammen, dass sich kaum Unterschiede ergaben. Und politisch waren beide bewusst parteilos. Nicht, weil – wie die meisten Griechen schimpfen – „die da oben" machen, was sie wollen, sondern weil sie die Trägheit der Verwaltung und die Korruption selbst bei den einfachen Leuten aus eigener Erfahrung kannten. Und wussten, dass Wahlen wenig bringen.
Alex seufzte.
„Was wir brauchen, ist ein Mentalitätswechsel und zwar grundlegend!"
„Eher wird der Mond eckig", murmelte Angelos. Es standen Parlamentswahlen an, was in Griechenland seit 1974 hieß: ein Regierungswechsel. Meist schafften es die Regierungen nicht einmal bis zum Ende der Legislaturperiode. Die

jetzige, linke Syriza-Koalition hatte immerhin fast vier Jahre gehalten, trotz rigider Sparmaßnahmen und drastischer Steuererhöhungen. Die Mehrwertsteuer betrug mittlerweile 24 Prozent.

„Sie nehmen keine Euro mehr dadurch ein ...", begann Angelos.

„...weil viel mehr schwarz läuft als ohnehin schon", ergänzte Alex.

Es war klar: die konservative ND würde haushoch gewinnen. Und weder Angelos noch Alex waren begeistert. Die ND war sehr rechts und vor allem kirchennah, was Gays in der Regel abschreckt. Aber sie hofften, dass der übliche Schlendrian in Athen sich nicht grundlegend ändern würde.

„Mir ist dennoch nicht wohl dabei", sagte Angelos, den der Wechsel als Bürgermeister mehr betraf als Alex.

Alex lachte.

„Du hast dich bisher mit allen in Athen angelegt. Was soll sich daher ändern? Du bist für jeden Politiker ein rotes Tuch!"

Angelos dachte nach.

„Da sind ein paar dabei, die nicht ganz koscher sind. Denk nur an diesen Widerling Karamanlis. Menschlich ein Kotzbrocken und seine politischen Ansichten Faschismus pur. Wenn ich nur an diesen Blödsinn mit Nord-Mazedonien denke! Der Depp hat die ganze Insel rebellisch gemacht!"

Der Vorsitzende der ND hatte eine Unterschriftensammlung gestartet, bei der die „Bevölkerung", was immer das auch ist, sich gegen die Beilegung des Namensstreits mit Mazedonien aussprechen konnte. Eine billige und leicht zu durchschauende Kampagne.

Aber es war ein Riesenthema und in Athen demonstrierten Zehntausende.

„Wegen eines Namens!!", regte sich Angelos noch immer auf. „Und komischerweise hat niemand Geld, aber ein Ticket nach Athen von Saloniki – das geht!"

Es war wieder einmal eine Gelegenheit, bei der sich Angelos bei Rechten unbeliebt gemacht hatte. Er ging demonstrativ zum dem Stand der ND mit einem T-Shirt, auf dem stand: Ich bin Süd-Mazedonier.

Nur wenige verstanden diesen Spaß mit ernstem Hintergrund.

„Sag mal, können wir nicht statt Fernsehen etwas Sinnvolles machen?", fragte Angelos und grinste.

Alex lachte.

„Auf jeden Fall, agapi-mou!"

7

Bei der Parlamentswahl in Griechenland werden die Konservativen um Antonis Migiakis stärkste Kraft.
Sie drängen damit Ministerpräsident Alexis Tsipras von der linken Syriza-Partei wieder aus dem Amt.

Der scheidende Premier Tsipras gratulierte Migiakis nach Bekanntwerden der Ergebnisse. Griechenlands Ministerpräsident Alexis Tsipras muss also gehen – die Wähler in dem krisengeschüttelten Land haben sich bei der Parlamentswahl klar für die konservative Partei Nea Dimokratia entschieden. Die Partei von Antonis Migiakis erzielte am Sonntag laut griechischem Innenministerium 39,8 Prozent (2015: 28,0 Prozent). Im 300-köpfigen Parlament bedeutet das die absolute Mehrheit von mindestens 154 Sitzen, weil der Wahlsieger zur Vereinfachung der Regierungsbildung 50 Sitze zusätzlich erhält. Die linke Partei Syriza von Alexis Tsipras kam auf 31,5 Prozent (2015: 35,5 Prozent).

In einer ersten Ansprache sprach Migiakis den Griechen am Abend Mut zu. „Ich werde für alle Griechen da sein, ich werde hart arbeiten", sagte er vor Journalisten in Athen. Der Wahlausgang habe nicht nur den Wunsch der Menschen zum Ausdruck gebracht, dass die schweren Zeiten der Krise endeten. „Es war mehr – es geht darum, unser Glück selbst in die Hand zu nehmen, selbst

Verantwortung zu übernehmen. Jetzt krempeln wir die Ärmel hoch!" Zudem wandte er sich an all jene Griechen, die das Land wegen der schweren Finanzkrise in den vergangenen Jahren auf der Suche nach Arbeit verlassen hatten. Sein Ziel sei es, das Leben aller Griechen besser zu machen und auch den rund 400.000 Auswanderern wieder Perspektiven zu bieten.

Tsipras hingegen betonte, dass der Verlust der Syriza von nur vier Prozentpunkten im Vergleich zu 2015 ein starkes Mandat für die Partei sei, sich im Parlament weiterhin für Themen wie soziale Gerechtigkeit einzusetzen. Zur Niederlage sagte er: „Wir haben uns hauptsächlich damit beschäftigt, das Land zu retten, und dafür manche Probleme nicht gesehen, die die Menschen beschäftigt haben." Man hätte jedoch viel Erfahrung gesammelt und stehe parat für die weitere politische Entwicklung im Land.

„Die Menschen wollten eine vernünftige Lösung!" Medienberichten zufolge könnte Migiakis bereits am Montagmittag von Staatspräsident Prokopis Pavlopoulos vereidigt werden. Dass die Regierungsbildung schnell geht und keine Zeit verloren wird, war nach Ansicht politischer Beobachter ein wichtiger Grund für viele Griechen, konservativ zu wählen. In Umfragen hatte sich bereits ein großer Vorsprung für die Nea Dimokratia abgezeichnet.

„Die Menschen wollten eine vernünftige Lösung, eine proeuropäische Partei, die keinen Koalitionspartner braucht, der womöglich bremst, und die ihr Programm schnell umsetzen kann", sagte am Sonntagabend der in Griechenland bekannte Demoskop Dimitris Mavros. Den Wählern sei bewusst, dass die Lage des Landes immer noch heikel sei und sich auf keinen Fall verschlimmern dürfe. (teilweise welt.de)

„Schalt bitte aus", sagte Angelos.
Gleichzeitig fanden auf Mykonos Gemeinderatswahlen statt. Keine Bürgermeisterwahl, denn diese lag erst zwei Jahre zurück.
Das Ergebnis war im Vergleich zum Landesdurchschnitt moderat. Die ND gewann nur einen Sitz hinzu, Syriza verlor einen und der einzige Rechtsradikale von der Chrysi avgi flog raus.
„Na siehst du", sagte Alex. „Schlimmer wird's hier nicht!"
Er sollte sich gewaltig täuschen.
Denn schon am nächsten Tag sollte Angelos Bekanntschaft mit der „nationalen Wende" machen.

8

Angelos, Alex und Maria trafen am (sehr) späten Vormittag an der Absturzstelle ein. „Wo zum Teufel sind die zwei?", fragte Angelos.

Die Flugermittler hatten ein Büro im Flughafen bezogen und befragten die Lotsen.

„Guten Tag. Mein Name ist Nikakis. Hauptkommissar und Leiter der Ermittlungen. Was machen Sie hier bitte?"

Mit größtmöglicher Arroganz sagte einer der beiden, ein gewisser Georgiadis:

„Unseren Job und dabei sollten Sie uns nicht stören, wenn es recht ist!"

Angelos holte tief Luft.

„Erstens ermittelt in diesem Land bei Flugzeugabstürzen der Ermittlungsrichter und in dessen Auftrag die Kriminalpolizei. Sonst niemand. Wir sind hier nicht in Amerika und Sie sind nicht die NTSB. Wenn wir das Wrack freigeben, können Sie nach technischen Ursachen forschen so lange Sie wollen. Und Befragungen der Lotsen oder Airport-Angestellten verbitte ich mir. Ansonsten erteile ich Ihnen Hausverbot!"

Georgiadis lachte.

„Ganz schön forsch. Gestern nicht ferngesehen? Ihre bisherigen Freunde haben nichts mehr zu sagen. Gott sei Dank. Soll ich beim neuen Innenminister anrufen?"

„Oh bitte gerne. Den Rechtsstaat setzt auch der nicht außer Kraft. Zumindest noch nicht. Und meine Freunde waren die in Athen nicht. Außerdem sind wir hier auf Mykonos."

„Und die Insel gehört Ihnen?", ätzte Georgiadis weiter.

„Nein. Aber ich bin hier der Bürgermeister und Hauptkommissar. Zuständiges Ermittlungsgericht ist Mykonos. Noch Fragen?"

Angelos wurde laut.

Der zweite Mann griff ein.

„Herr Bürgermeister Nikakis. Wir wollen doch beide das Gleiche, nämlich den Unfall aufklären. Ob es an der Beechcraft lag. Dann können wir eventuell zukünftige Unfälle vermeiden. Aber natürlich kooperieren wir mit Ihnen!"

„Das hört sich schon anders an", sagte Angelos und gab dem zweiten Mann die Hand. Georgiadis beachtete er gar nicht.

„Dann würde ich vorschlage, wir gehen erst zum Wrack. Die Befragung der Lotsen und Augen-zeugen haben wir bereits erledigt und aufge-zeichnet. Sie bekommen alles auf CD!"

„Hervorragend", sagte der zweite Ermittler, Herr Tsanetis.

„Und dann wird die ,Bonanza' meines Wissens in Deutschland gebaut. Es muss also zwingend ein Vertreter des Herstellers oder des LBA dabei sein oder täusche ich mich?"

„Keineswegs. Es kommt jemand von Beechcraft. Aber erst morgen und wir wollten schon etwas vorarbeiten", sagte Tsanetis.

„Gestern kräftig gegoogelt? Oder woher weißt du...?", flüsterte Maria Angelos ins Ohr.

Angelos lächelte und meinte:

„Ochi. Ich habe mir drei Folgen ‚Mayday - Alarm im Cockpit' reingezogen!"

Ochi. Nein.

Georgiadis blieb zwei Meter hinter den anderen und murmelte:

„Ein schwuler Bürgermeister. Na, damit ist es auch bald vorbei!"

Er hatte es noch nicht gesagt, da schlug ihm Alex mitten ins Gesicht.

„Danke", sagte Angelos.

„Manchmal kannst du ein richtiges Arschloch sein. Und ich liebe es", antwortete Alex fröhlich.

„Entschuldige, aber der ..."

„ .. brauchte das. Vollkommen deiner Meinung", beendete Alex den Satz.

Dennoch erstaunlich. Wer Angelos bei solchen Auftritten sah, käme nie auf die Idee, dass derselbe Angelos bei einem Flashback heulend und zusammengekauert im Bett liegt und erst ruhiger wird, wenn ich ihn in den Arm nehme. Alex merkte, wie unbändiger Hass in ihm hochstieg. Hass auf diejenigen, die Angelos das angetan hatten.

9

Angelos, Alex, Maria und die zwei Flugermittler begaben sich zur Unglücksstelle. Zunächst mussten sie die riesige Plane entfernen, die mit schweren Steinen fixiert worden war.

„Herrgott! War das nötig? 30 Steine für eine Plane?", fluchte Georgiadis.

„Ja, das war nötig. Wir sind auf einer Insel. Insel gleich Wind gleich fliegende Plane", knurrte Angelos.

Tsanetis prustete los.

Aha, dachte Alex. Die beiden Ermittler sind sich nicht grün. Das könnte hilfreich sein.

Als die Plane entfernt war, begannen Georgiadis und Tsanetis mit der Untersuchung des Wracks.

„Maria. Pass auf, dass nichts verschwindet", flüsterte Angelos Maria ins Ohr.

„Es ist der erste Unfall mit einer Bonanza in Europa seit fünf Jahren. Dabei ist sie sehr beliebt. Die letzten Crashs gab es in Amerika, aber das waren alles Pilotenfehler", bemerkte Tsanetis.

„Aber was für einen Fehler kann ein Pilot machen, wenn die Maschine überhaupt nicht abhebt? Und laut Flughafen hatte er über 2000 Flugstunden. Das haben die meisten Piloten der großen Airlines nicht", sagte Angelos.

„Eine Menge. Aber überlassen Sie das den Fachleuten", schnauzte Georgiadis.

„Herr Nikakis war selbst Pilot. Also erspare uns deine Experten-Arroganz", blaffte Tsanetis zurück.

Angelos stand hinter dem Wrack und zeigte auf die Heckpartie.

„Mich hat gestern schon gewundert, dass das Höhenruder sich in dieser Stellung befindet. Starten konnte er so auf keinen Fall!"

Ohne auf das Höhenruder zu schauen, antwortete Georgiadis:

„Die Stellung ist Folge des Aufpralls, Herr Bürgermeister!"

„Aha. Das wissen Sie, ohne überhaupt hinzusehen?", fragte Alex.

„Ich habe es sehr wohl gesehen, aber die Wucht des Aufschlags lässt Höhen- und Seitenruder meist nicht in ihrer Flugposition!"

„Was ist dann Ihre Vermutung, warum das Flugzeug fast nicht abgehoben konnte? Es fehlte an Auftrieb! Dann bleiben nur zwei Möglichkeiten: fehlende Geschwindigkeit oder ein defektes Höhenruder", stellte Angelos fest.

Bevor Georgiadis etwas sagen konnte, ging Tsanetis dazwischen.

„Im Prinzip haben Sie schon recht. Aber es ist noch viel zu früh für fundierte Vermutungen. Wir müssen erst die Kabel untersuchen. Und als allererstes müssen wir sämtliche Wrackteile fotografieren. Haben Sie einen Platz im Hangar, wo wir die Wrackteile dann zwischenlagern können?"

Schon ging Georgiadis dazwischen:

„Das ist doch überflüssig. Wir machen Fotos, schauen nach den Kabeln und dann kommt die Bonanza zum Verschrotten nach Athen. Außerdem können wir uns alle Untersuchungen

sparen, wenn sich bei der Obduktion herausstellt, dass der Pilot einen Herzinfarkt hatte oder irgendein anderes gesundheitliches Problem!"
Angelos ignorierte Ihn.

„Ich spreche mit Fraport, ob sie im alten Hangar etwas Platz haben!"

„Danke", sagte Tsanetis, während sich Georgiadis vom Wrack entfernte und Aufnahmen vom Hügel aus machte.

„Entschuldigen Sie, Herr Nikakis. Der Kollege ist wohl von der Siegesfeier noch etwas benebelt. Er hofft auf eine Beförderung wegen seines Parteibuchs", sagte Tsanetis leise.

Das übliche Verfahren nach Wahlen.
Parteigänger des Siegers erhalten Stellen im öffentlichen Dienst. Zum Beispiel bei der Behörde für den Bau des Staudamms in Mesochora. Obwohl der Staudamm schon 2010 fertiggestellt wurde, führt er bis heute kein Wasser. Was die Behörde tut, weiß keiner.

„Wenn ich mit den Fotos fertig bin, fahre ich zurück ins Hotel."

„Sie beide wohnen nicht im selben Hotel?", fragte Angelos erstaunt.

„Nein. Der Herr wohnt eine Kategorie höher!"
Tsanetis lächelte gequält.

Angelos drehte sich um und sagte zu Maria:
„Wir tun jetzt so, als ob wir auch gingen. Du drehst aber bitte wieder um und behältst Georgiadis im Auge. Wenn möglich …"

„… ohne, dass er mich sieht. So schlau bin ich schon", antwortete Maria.

10

Endlich, dachte Georgiadis. Ich hätte diesen Hinterlader keine 5 Minuten länger ertragen. Er tat noch einige Minuten so, als ob er sich mit dem Wrack beschäftige.

Dann ging er die Straße zurück zum Flughafen. Er stieg die Treppen zum Tower hoch und sprach den Fluglotsen an, mit dem er vorhin schon gesprochen hatte. Oder hatte sprechen wollen, bis dieser Nikakis dazwischengegangen war.

„Hallo. Wir bräuchten die Kameraaufnahmen", sagte Georgiadis. „Ist mit dem Kommissar abgesprochen!"

„Ich brenne Ihnen eine CD mit den Minuten vom Start bis Absturz, ok?"

Nicht ok. Ganz und gar nicht.

„Nein. Ich möchte die Aufnahmen vom gesamten Nachmittag!"

„Wieso das denn?"

„Weil es sein kann, dass ein anderes Flugzeug ein Teil verloren hat, das dann den Absturz der Bonanza auslöste. Schon mal was von der ‚Concorde' gehört?", knurrte Georgiadis.

„Das kann nicht sein. Wegen der starken Winde und dem umherfliegenden Müll wird die Bahn nach jeder zweiten Landung kontrolliert", erwiderte der Fluglotse.

„Machen Sie einfach, was ich Ihnen sage", blaffte Georgiadis.

„Gut, dann gehen Sie in den Nebenraum. Ich spiele Ihnen die Bänder auf. Ab welcher Uhrzeit wäre es genehm?", ätzte der Lotse zurück.

„Ab 12 Uhr bis so gegen 19 Uhr!"

Georgiadis ging in den Nebenraum, der Lotse verließ hingegen den Tower und zückte sein Handy.

„Angelos? Dieser Idiot von der Flugaufsicht will alle Aufnahmen. Aber von 12 bis um 7. Was will er damit? Soll ich …?"

„Ja. Lass ihn machen. Will er noch mehr, rufst du mich an, klar? Und danke!"

Was soll das?

Er rief Maria an und sagte ihr, sie solle ihm auf jeden Fall folgen.

„Super. Nicht dass ich ein Privatleben hätte", meinte sie.

„Heteros haben ein Privatleben? Mit Sex?"

„Mitunter. Was man halt so zwischen Männlein und Weiblein macht. Aber davon hast du ja keine Ahnung!"

„Gott sei´s gedankt!"

Fünf Minuten später fragte Angelos:

„Sag mal, Alex. Ist dir bei der Szene heute früh etwas aufgefallen?"

„Außer dass du kurz vor dem Platzen warst?"

Alex lächelte.

„Ja. Ich wollte diesen Idioten in die Defensive bringen …"

„… damit er einen Fehler macht. Schon klar. Natürlich ist es seltsam, dass die beiden getrennt wohnen, aber sonst?"

„Denk nochmal nach. Als wir am Wrack waren!",
sagte Angelos.
„Ich hatte den Eindruck, dass er nicht wirklich an
einer Aufklärung interessiert ist."
„Das sowieso. Nein. Ich meine etwas anderes. Er
hat nur das Cockpit genauer unter die Lupe
genommen. Der Rest der ‚Bonanza' ließ er links
liegen!"
„Du hast recht!"

Angelos konnte sich keinen Reim darauf machen,
was Georgiadis zu finden hoffte.
Bis er auf den Küchentisch sah.
Natürlich! Dafür interessiert der sich.

11

Georgiadis machte sich keine Illusionen. Der Lotse würde Angelos Nikakis informieren. Aber bitte. Nikakis interessiert sich in erster Linie für den Absturz. Ich möchte etwas ganz anderes.

Er sah sich zunächst die Aufnahmen des eigentlichen Grundes für seine Anwesenheit an.

Der Absturz. Georgiadis lächelte.

Das war gute Arbeit. Der elende Verräter wusste bestimmt nicht, wie ihm geschah. Hoffentlich war er nach dem Absturz noch am Leben und hat gelitten.

Leider war auf den Aufnahmen deutlich zu sehen, dass das Höhenruder sich nicht in der richtigen Stellung befand. Insofern hatte Nikakis richtig gelegen. Aber das konnte Hundert verschiedene Gründe haben. Ich werde schon dafür sorgen, dass es zum „menschlichen" Versagen wird, dachte Georgiadis. Das Zugseil habe ich dabei. Gott sei Dank wird es nicht per Computer gesteuert, sonst würde ich jämmerlich versagen. Ich komme gerade mal ins Internet. Flugschreiber gibt es bei der „Bonanza" keine, schließlich ist sie kein Airbus.

Alles im grünen Bereich. Kommen wir also zum entscheidenden Punkt. Georgiadis spulte (sagt man das heute noch?) die Aufnahmen nach vorne – bis zum Eintreffen der Schnüffler.

Die verkohlte Leiche bereitete ihm regelrecht Vergnügen. Karamanlis´ Vater hätte der

„Maßnahme" bestimmt zugestimmt. Ihm war die gemeinsame Sache immer wichtiger als Familienbande. Ein leuchtendes Vorbild.

Georgiadis sah, wie Nikakis und sein Ehemann um das Wrack schlichen.

Ehemann. Unfassbar. Was in diesem degenerierten Staat alles möglich war. Ekelhaft. Instinktiv zog er die Pobacken zusammen.

Und dann stellten sich ihm die Nackenhaare. Hektisch spulte er zurück und versuchte auf „Zoom" zu schalten. Vergeblich. Georgiadis war wieder im Ausgangsmenü. Mist. Den Lotsen kann ich nicht fragen.

Doch schließlich gelang es ihm, wieder zu der Szene zurückzukehren. Er vergrößerte das Bild immer weiter.

Es gab keinen Zweifel. Nikakis hob etwas vom Boden auf. Es war ein Stück Papier. Und Georgiadis glaubte, eine Art Stempel auf dem Fetzen zu sehen.

Die Mykonos-Papers.

Das Schwein hatte sie dabei. Vielleicht waren sie verbrannt. Oder Karamanlis hatte ein Papier als „Kostprobe" mit nach Athen nehmen wollen.

Dann gäbe es die Papers noch.

Und Angelos Nikakis hatte einen Fetzen davon. Dabei würde es nicht bleiben.

12

Als Georgiadis mit den Kameraaufnahmen fertig war, verließ er den Tower und ging zu seinem Mietwagen. Er fuhr zunächst zur Tankstelle, vertrat sich während des Tankens, das in Griechenland noch immer die Angelegenheit von Tankwarten ist, die Beine. Nach dem Zahlen setzte er sich wieder in den Wagen und fuhr davon.

Allerdings: richtig allein war er nicht mehr.

Denn Maria hatte die Tankpause genutzt, um im Radkasten einen Sender anzubringen. Zwar bemerkte der Tankwart, was sie tat, aber er lächelte nur. Maria hatte ein Heimspiel.

Der Sender erleichterte die Arbeit des Beschattens ungemein, da man nicht mehr auf Sichtweite fahren musste und so die Gefahr der Erkennung gering war.

Gott sei Dank hatte Angelos die Polizei mit dem neuesten Technikspielzeug ausgerüstet. Die Fahrzeuge selbst waren zwar noch immer überaltert, aber im Inneren verbarg sich manches, wovon andere Dienststellen nur träumen konnten.

Wo hatte er das Zeug nur her? Maria wusste, dass Angelos einen Freund beim Geheimdienst hatte. Von ihm? Aber da lag Maria daneben. Bei einem Einsatz auf Mykonos vor einem Jahr hatte der EYP alles aufgefahren, was er hatte. Nach Einsatzende hatte Angelos die Agenten überredet, einige Dinge zu „vergessen". Seitdem standen im Hause

Nikakis in der Küche mehr Monitore als Küchengeräte.

„Das ist ja ein Wohntraum. Vielleicht sollten wir ‚Schöner Wohnen' einladen", lautete Alex´ Kommentar.

„Möchtest du lieber wieder stundenlang auf einem Felsen im Regen liegen?", fragte Angelos zurück.

„Manchmal war das ganz nett!"

„Weil du alter Bock die Observierung immer mit Sex im Freien verwechselt hast!"

„Alter Bock? Ich bin 36!", empörte sich Alex.

„Und ich 29. Halt. Mist. Ich bin ja 30. Deprimierend. Aber ohne Auswirkung auf meine Schönheit!"

„Noch", gab Alex zurück und beide lachten.

Neben den Wanzen und Nachtsichtgeräten hatte Angelos bei der ersten Jagd auf Abu Bakar auch dessen Mini-Drohnen beschlagnahmt.

„Bei der Entdeckung von Schwarzbauten sehr hilfreich", meinte er damals grinsend. Tatsächlich kamen sie zum Einsatz, aber nur beiden Reichen auf der Insel. Die normalen Leute blieben unbehelligt.

„Alle gleich vor dem Gesetz?", fragte Maria damals.

„Sind sie in Wahrheit eh nicht. Und den Nachteil der einfachen Leute gleichen wir so aus", erklärte Angelos.

Von den Bußgeldern ließ er die Straßenbeleuchtung zum Hafen reparieren.

Alles nicht ganz koscher, aber sehr griechisch und kein Euro wanderte in die eigene Tasche – das wiederum war selten bei Mandatsträgern in Griechenland.

Maria folgte Georgiadis, der kurz zuvor nach Ftelia abgebogen war. Sie hielt an, denn die Bebauung war hier dünn. Georgiadis hatte angehalten. Sie blickte auf den Monitor und war sich sicher.
Er war zum Haus von Karamanlis gefahren. Der war zwar zwischenzeitlich tot, aber im Hause lebte noch dessen Frau.
Er kennt sie? Woher?

13

Mykonos, Ornos

Bereits nach dem ersten Espresso brummte Angelos´ Handy.
„Ja zum Kuckuck", brummte er.
Es war gerade 10.45 Uhr. Mitten in der Nacht.
„Ja", raunzte Angelos ins Handy. Schließlich soll jeder wissen, dass dies mitten in der Nacht und der Herr Bürgermeister dann sehr ungnädig ist.
Beide, Angelos und Alex, waren Morgenmuffel.
Der Anrufer war hörbar eingeschüchtert.
„Özcan, Beechcraft. Äh, Herr Nikakis?"
„Ja. Äh, Entschuldigung. Ich stehe noch etwas neben mir!"
„Meine Schuld. Ich bin um 6.45 Uhr gelandet und habe mich gleich an die Arbeit gemacht. Ist ja gleich neben dem Rollfeld", sagte Özcan auf Englisch.
„Ich hätte eine Bitte. Könnten wir grundsätzlich nur Deutsch sprechen?", fragte Angelos.
„Aber natürlich. Haben Sie mal in Deutschland gewohnt?"
„So in der Art. Ich war ein Jahr auf der Polizeihoch-schule in Münster. Ich habe zwar das meiste vergessen … ich, äh, habe einen bestimmten Grund, warum ich mit Ihnen nicht Englisch sprechen kann!"
„Schon klar. Sie wollen nicht, dass jemand versteht, was wir bereden. Ihre Sprachkenntnisse zu verbessern, ist bestimmt nicht der Grund!"

Özcan lachte.

Gut. Blöd ist der nicht, dachte Angelos.

„Ich weiß auch, warum", fuhr Özcan fort.

„Hier ist etwas nicht ganz koscher. Und ich will ja nicht über die griechischen Kollegen lästern …"

„Als Deutscher mit türkischem Namen auch nicht ganz ungefährlich", scherzte Angelos und Özcan lachte.

„Was meinen Sie mit ‚koscher'?", fragte Angelos. Er verstand schlicht das Wort nicht.

„Mein Fehler. Es stimmt etwas nicht!"

„Das können Sie laut sagen. Mir ist der eine, Georgiadis, suspekt. Der hat kein großes Interesse an der Aufklärung des Absturzes, scheint mir", erklärte Angelos.

„Na ja. Dass das Wrack vom Absturzort entfernt wird, bevor der Vertreter des Herstellers anwesend ist, wäre in Deutschland …"

Angelos lachte.

„Sie sollten hier keine Vergleiche mit Deutschland anstellen. Das hört man hier nicht gerne. Auch wenn Sie natürlich recht haben. In manchen Dingen sind wir tiefstes Afrika."

„Ich wollte Sie nicht beleidigen, Herr Nikakis!"

„Passt schon. Ja, Georgiadis wollte das Wrack sogar nach Athen schaffen lassen!"

„Der spinnt wohl?", regte sich Özcan auf.

„Mal ganz vorsichtig gesagt: ich denke, es soll etwas vertuscht werden. Eventuell politische Gründe!"

„Das sind mir die liebsten Untersuchungen", knurrte Özcan.

Oh, Ironie, dachte Angelos. Der Mann gefällt mir immer mehr.

„Jedenfalls lässt Georgiadis nur eine Theorie für möglich!"

„Lassen Sie mich raten: Pilotenfehler", seufzte Özcan.

„Exakt. Und ich denke, auch wenn ich kein Fachmann bin, dass es etwas mit den Höhenrudern zu tun hat", sagte Angelos.

„Es hat ganz sicher etwas mit den Höhenrudern zu tun. Aber um das näher zu erklären, müsste ich es Ihnen zeigen", erwiderte Özcan.

„Kein Problem. In zehn Minuten bin ich da. Eingang Terminal 1!"

„Gibt´s hier zwei?", fragte Özcan lachend.

„Ja. Aber nur, weil der Flughafen deutsch ist. Sind die zwei anderen schon da?", fragte Angelos.

„Ich habe angerufen und gesagt, ich käme erst mit der 12.00 Uhr-Maschine von Volo … wie auch immer. Sie wollten um 12.30 Uhr kommen. So haben wir Zeit!"

„Kluges Kerlchen", sagte Angelos, ohne zu wissen, dass das etwas zu flapsig war. Die Feinheiten der deutschen Sprache fehlten ihm.

Und so lachte Özcan.

„Das war dann wohl ein Kompliment!"

„Auf jeden Fall. Bis gleich!"

Fünf Sekunden später: „Alex! Wir müssen los!"

„Zu Befehl!", sagte Alex fröhlich.

„Doofkopf!"

14

Ein Deutscher mit Namen Özcan sieht natürlich etwas anders aus als man sich Deutsche gemeinhin vorstellt.
Die türkischen Wurzeln sah man und Özcan war in Angelos Alter. Ungewöhnlich für einen Flugermittler. Meist sind es Piloten in Pension. Auf jeden Fall älter und meist so humorvoll wie eine Leiche.
„Wollen wir zum ‚Du' übergehen? Ich heiße Taner. Außer Herr Bürgermeister hat etwas dagegen!"
Er grinste breit und Angelos musste lachen.
„Klar! Angelos. Wollen wir?"
Die beiden liefen am Terminal vorbei und erreichten den Hangar mit der zerschellten Maschine.
„Ein Haufen Schrott. Und auf den Fotos, die ich zugeschickt bekommen habe, war mehr Felsen und Flughafen zu sehen als das Wrack. Entweder war das ein Anfänger in Sachen Flugermittlung oder wie du vermutest: Absicht. Dafür spricht auch die Art und Weise wie man die Trümmer übereinandergestapelt hat."
„Bestimmt auf Anordnung von Georgiadis, versehen mit einem Hunderter", seufzte Angelos.
„Der Bereich um das Höhenruder ist aber relativ gut zugänglich, so …", begann Özcan.
„…man könnte meinen, es wurde extra so platziert", ergänzte Angelos.
Özcan nickte.
„Ganz erstaunlich ist, dass das Kabel vollständig erhalten ist, ohne jede Beschädigung. Das Ding steht in der Regel unter Spannung, sonst würde

das Höhenruder wackeln. Dadurch reißt es oft bei einem Absturz, meist an den beiden Enden, weil das die schwächsten Stellen sind."

„Ich hatte eigentlich gehofft, es wäre durchtrennt worden und zwar mit Vorsatz", sagte Angelos enttäuscht.

„Langsam, Angelos. Zwei Dinge sind trotzdem seltsam: Überall ist der Ruß vom Feuer auf den Teilen. Aber hier: die Mutter ist vollkommen rußfrei. Sehen Sie das?"

Angelos nickte.

„Heißt, das Zugseil wurde erst nachträglich montiert?"

„Sonst wäre sowohl die Befestigung als auch das Seil rußverschmiert", erklärte Özcan.

„Brennen kann es natürlich nicht, aber Öl und Kerosin sind eine sehr klebrige Angelegenheit!"

„Ok. Theorie: das alte Seil wurde mit Vorsatz so beschädigt, dass das Höhenruder nicht funktionieren konnte", sagte Angelos.

„Es muss aber jemand gewesen sein, der nicht viel Ahnung hat. Zumindest nicht von Beechcraft-Maschinen. Das nachträglich angebrachte Zugseil gehört zu einer Beechcraft Typ ‚Pony'. Es kann niemals in einer ‚Bonanza' verbaut worden sein!"

„Ich könnte dich küssen. Ich muss schnell telefonieren."

„Kostas? Der Hangar wird verschlossen. Und den Herren von der Flugsicherung sagst du bitte, der Untersuchungsrichter hat die Schließung angeordnet und ermittelt wegen Mordes!"

Angelos lächelte.

„Und nun gehen wir schön Essen!"

Das schön Essen sollte nur bis zu den gefüllten Weinblättern dauern. Dann erreichte Angelos eine Nachricht, die ihm das Blut in den Adern gefrieren ließ.

15

Eleni Menos konnte sich kaum beruhigen. Zum ersten Male in ihrem Leben war doch tatsächlich jemand vom Finanzamt erschienen und hatte ihre Registrierkasse überprüft. Zuvor hatten sie draußen Kunden befragt, ob sie auch einen Kassenbon bekommen hätten. Wenn sie doch statt der kleinen Ladeninhaber lieber die Hotels und Restaurants kontrollieren würden. Da wurde richtig geschummelt.

Gott sei Dank war sie vorbereitet. Bürgermeister Nikakis hatte vor vier Wochen auf der Facebook-Seite mitgeteilt, dass Kontrollen durch Athener Steuerfahnder stattfinden würden. Mit genauer Datumsangabe. Woher er das wusste? Die ganze Insel rätselte. Und war dankbar. Die Paketdienste hingegen stöhnten, denn in den Tagen darauf mussten sie Dutzende neuer Registrierkassen ausliefern. Glaubt man den Gerüchten, so hat sich tags darauf das Finanzministerium bei Nikakis gemeldet, um ihn in den Senkel zu stellen. Und der habe lapidar geantwortet, man solle gefälligst zuerst in den Villen der Athener Vororte nach Steuerbetrügern suchen und nicht auf kleinen Inseln. Mykonos führe Unsummen von Steuern ab an Athen und bekäme dafür regelmäßig nichts. Zumindest erzählte es so eine Rathausangestellte, die Nikakis´ Gebrüll durch die Türe mithören konnte. Endlich jemand, der Athen die Stirn bietet. Dank der Vorwarnung hatte sich Eleni vorbereitet und konnte aufatmen. Keine Beanstandung. Zahlen hätte sie ohnehin nichts können. Ihr Gemüsegeschäft neben dem Proton-Supermarkt an der Straße nach Ano Mera deckte nur knapp die Kosten. Die Leute kauften in der Krise eben die Supermarktware, weil sie billiger war. Lediglich die Einnahmen aus dem Lotterieverkauf hielten sie über Wasser. Spielen, Zocken, neudeutsch: Betting – das tun die Griechen immer.

Sie ging nach hinten, um im Innenhof eine Zigarette zu rauchen.

Was ist das für ein Geräusch? Eine jammernde Katze? Sie ging um die Mauer herum und das Geräusch wurde lauter. Dann sah Eleni die Quelle der klagenden Laute.

Eine Gestalt saß zusammengekauert auf dem Boden. Bluse zerrissen, voller blauer Flecke. Die Frau zitterte am ganzen Körper.

„Kind, was ist mit dir?", fragte Eleni. Ältere Frauen sprechen jüngere oft mit „mein Kind" an.

Als die Gestalt aufsah, hätte sie beinahe aufgeschrien. Sie sah aus wie ein Monster. Das eine Auge komplett zugeschwollen. Da begriff Eleni, was passiert sein musste.

„Ich rufe sofort die Polizei!"

„Nein, bitte. Rufen Sie den Bürgermeister an oder Alex, seinen Mann. Bitte. Und etwas zu trinken!"

„Natürlich, Kind!"

Auf dem Weg zum Telefon bekreuzigte sich Eleni.

16

Angelos raste nach Hause. Maria. Ich hätte sie nicht allein lassen dürfen. Alex hatte angerufen und nur gesagt: „Komm sofort. Maria ist hier. Sie wurde vergewaltigt und übel zugerichtet!"

Angelos bremste scharf vor ihrem Haus in Ornos und rannte zur Tür. Alex kam heraus und hielt Angelos auf.

„Ich habe ihr Beruhigungsmittel verpasst. Sie schläft jetzt. Hoffe ich zumindest. Sie sieht schrecklich aus. Das Gesicht …"

„Hat sie irgendetwas gesagt? Wo? Wer?"

„Nein. Sie konnte nichts sagen. Sie wurde beim Proton von einer Gemüsehändlerin entdeckt. Ich habe sie abgeholt, aber sie war nicht ansprechbar!"

„Wieso hast du sie nicht in die Klinik gefahren? Wir brauchen Fotos, Abstriche …", sagte Angelos.

„Ohne haben wir keine Chance. Das weißt du!"

„Ich bin nicht blöd. Aber das muss sie entscheiden. Sie ist unsere Freundin, Herrgott! Bist du nach deiner Vergewaltigung zur Polizei oder in die Klinik? Nein!"

Alex hatte den Satz noch nicht beendet, da wusste er schon, dass der Vergleich absolut daneben war.

Angelos bekam einen hochroten Kopf.

„Du meinst, man könne das vergleichen? Jede Vergewaltigung ist ein Verbrechen, aber eine

Frau wird in der Klinik und bei der Polizei mit Feingefühl behandelt. Sie ist zweifellos ein Opfer. Was passiert denn, wenn du als Mann zur Polizei gehst und erklarst, du wurdest vergewaltigt? Wenn du Glück hast, schaut der Beamte verdattert. Aber in der Regel bricht er in schallendes Gelächter aus. Meist sind die Opfer ja Schwule und damit irgendwie selbst schuld. Keiner glaubt dir, keiner hilft dir. Angesehen davon sind die körperlichen Verletzungen bei vergewaltigten Männern viel schlimmer als bei Frauen!"

Außerdem war es bei Angelos eine Gruppenvergewaltigung. Drei Männer, darunter sein damaliger Freund.

„Es tut mir leid, Großer. Ich wollte nicht …"

„Schon gut. Du hast ja recht. Sie soll entscheiden, was passiert. Aber derjenige wird dafür bezahlen und nicht nur mit drei Jahren Gefängnis. Das ist viel zu wenig, wenn man bedenkt, wie lange Opfer darunter leiden", sagte Angelos.

Drei Jahre war es bei ihm her und Angelos hatte noch immer Flashbacks. Aber er war zurück in der Spur, dank Alex. Er war tief abgestürzt nach dem Erlebnis. Alkohol und Drogen. Das Schlimmste: er konnte mit niemand darüber reden. Alex war sein Rettungsanker. Und ist es immer noch.

Angelos warf die Hände nach oben.

„Und ich bin schuld. Ich hätte es wissen müssen. Wer ein Flugzeug zum Absturz bringt, der schreckt auch nicht davor zurück, eine Polizistin zu vergewaltigen oder umzubringen. Wieso habe ich sie allein gelassen?"

„Du hast überhaupt keine Schuld. Mit der Technik brauchst du keinen zweiten Mann. Außerdem wissen wir noch gar nicht, was überhaupt passiert ist."

„Was machen wir jetzt?", fragte Angelos.

„Sie wieder zurück ins Leben bringen. Und das wird dauern!"

„Ich habe den Gegner unterschätzt, Alex. Karamanlis war kein normaler Mord. Wenn mit solchen Mitteln gearbeitet wird, geht es um mehr."

„Mit Sicherheit unterschätzen die anderen auch dich. Sie haben geglaubt, den Absturz vertuschen zu können und das ist ihnen schon mal nicht gelungen. Und die Vergewaltigung Marias könnte ein fataler Fehler gewesen sein", sagte Alex.

„Zumindest wird es jetzt persönlich", antwortete Angelos.

17

Luftwaffenstützpunkt Kavala

General Kollias explodierte.
„Diskretion hatte ich angeordnet. Und was machst du? Nun weiß die Öffentlichkeit, dass der Absturz von Karamanlis keiner war. Und die Vergewaltigung einer Polizistin, EINER POLIZISTIN, bringt uns sicher keine Sympathien bei der Bevölkerung ein", brüllte Kollias.

„Letzteres war ein Fehler, aber bei den Mitstreitern ist manchmal mehr Enthusiasmus zu finden als Intelligenz", antwortete Mann B.

Das ist bei dir wohl auch so, dachte Kollias, sagte es aber nicht.

„Du hattest versprochen, dass Georgiadis die Ermittlung im Griff hat. Stattdessen hat ihn Nikakis in zwei Tagen entlarvt und blamiert. Hier!"

Kollani hielt eine Zeitung hoch. Die Schlagzeile lautete: „Bürgermeister klärt Absturz auf. Flugbehörde gekauft?"

„Zugegeben. Georgiadis hat seinen Auftrag nicht erfüllt und das wird Konsequenzen haben", sagte B.

„Ah, natürlich. Den bringst du auch um die Ecke. Dann kommen wir erst recht in die Schlagzeilen. Wie wäre es zur Abwechslung mal mit ‚Befehle befolgen?' Sorgfältig arbeiten?"

Du dummes, arrogantes Arschloch, dachte B. Hinterm Schreibtisch zu sitzen, ist einfach.

„Georgiadis wird versetzt. Das meinte ich mit Konsequenzen!"

Kollani brummte.

„Ich hoffe, bei der Vergewaltigung gibt es keine Spuren!"

B druckste herum.

„Na ja. Man hat die Polizistin in der Nähe von Karamanlis´ Haus aufgegriffen!"

Kollani glaubte nicht, was er da hörte.

„Seid ihr wahnsinnig? Sie lebt noch. Sie wird sich erinnern, wo es passiert ist. Und sie ist eine persönliche Freundin von Nikakis. Was glaubst du, wo er ansetzt? Dann wäre es besser gewesen, sie gleich zu neutralisieren!"

Aha. Jetzt plötzlich. Gerade hieß es noch …

„Das können wir immer noch in Betracht ziehen!"

„Nein, können wir nicht!", brüllte Kollias.

„Es muss jetzt Ruhe herrschen. Ich frage mich, ob du noch der Richtige bist", sagte Kollias mit drohender Stimme.

Er lehnte sich zurück. Aber es war der schlechten Nachrichten noch nicht genug.

„Wir haben noch ein Problem. Nikakis hat am Absturzort einen Fetzen Papier gefunden", sagte B kleinlaut.

Kollani wurde bleich im Gesicht.

„Warum hat Georgiadis das nicht verhindert?"

„Er kam erst am nächsten Tag. Aber es ist nur ein kleines Stück Papier!"

„Ich dachte, Karamanlis hat alles im Flugzeug mitnehmen wollen. Ansonsten hätte ich niemals die Zustimmung gegeben zu dem Anschlag. Heißt

das, alles war umsonst? Die Papers sind noch da?
Noch dazu auf Mykonos?"

„Es scheint so, als hätte Karamanlis nur einen
‚Appetithappen' dabeigehabt!"

Jetzt heißt es vorsichtig zu sein, dachte B.

„Pass auf, dass du nicht zum Appetithappen wirst.
Wenn wir dich den Fischen zum Fraß vorwerfen.
Wo sind diese Papers?"

Wenn ich es wüsste, hättest du sie schon lange,
du blöder Sack, dachte B.

„Das finden wir schon noch heraus!"

„Da Nikakis offenbar intelligenter ist als ihr alle
zusammen, habe ich da meine Zweifel", ätzte
Kollias.

„Die Papers in den falschen Händen bedeutet
unser Ende. Das begreifst du schon?"

„Natürlich. Zur Not müssen wir Nikakis doch
aufhalten!"

Kollani dachte nach.

„In Herrgotts Namen. Wenn es gar nicht anders
geht. Aber vielleicht erst, wenn ihr Hinweise auf
den Verbleib der Papers habt!"

„Klar. Vorher würden wir uns selbst ins Knie
schießen", meinte B.

„Darin seid ihr jetzt schon Experten", ätzte Kollias.
Der Luftwaffengeneral war persönlich betroffen
von den Papers.

Tja, dachte B. Vielleicht hätte man gleich auf
Typen wie dich verzichten sollen. Nur Männer mit
reiner Weste. Und bei Kollias konnte davon keine
Rede sein. Er hatte gewaltig Dreck am Stecken.

„Das war´s. Du kannst gehen. Und ich will dich erst wiedersehen, wenn du die Papers hast!"

„Verstanden, Herr General!"

B erhob sich, und verließ Kollias´ Büro.

Und ich muss jetzt zum Premierminister, dachte Kollias. Er seufzte.

Der wird nicht erfreut sein. Und das ist milde ausgedrückt.

Er würde toben.

18

Premierminister Antonis Migiakis stand am
Fenster seines kleinen Büros im Parlament
und blickte hinaus auf den Syntagma-Platz.
Er war lieber in der Villa Maximos, seinem Amtssitz.
Demonstranten. Natürlich Linke. Wer sonst.
Migiakis versuchte, die Transparente zu lesen.
„Es gibt nur ein Mazedonien!"
Da hatten sie recht. Niemals hätten seine Vor-
gänger dieses Abkommen schließen dürfen.
Es waren nicht die Amerikaner, die Druck
gemacht hatten. Es waren die Deutschen, weil
die Truppen in der FYROM stationiert haben. Das
Wort „Nord-Mazedonien" hatte Migiakis noch nie
in den Mund genommen.
Wird alles wieder rückgängig gemacht.
Aber dann sah er auch die anderen Losungen.
„Nazis raus!"
Unverschämtheit. Wir sind keine Nazis, sondern
Patrioten. Im Gegensatz zu euch. Arbeitsscheues
Pack. Landesverräter.
„Kein zweites 1967!"
Bei diesem Transparent musste Migiakis lächeln.
Diese Demonstranten lagen richtig, aber
natürlich, ohne es zu wissen.
Es würde dennoch kein zweites 1967 geben, denn
damals sind wir gescheitert und das wird uns nicht
noch einmal passieren. Wir haben gelernt.
Zunächst muss alles legal sein. Wahlen gewinnen.
Was eindrucksvoll gelungen ist. Doch Migiakis war

trotz absoluter Mehrheit nicht ganz zufrieden. Er hatte mit einer vernichtenden Niederlage für die Linken gerechnet, aber Syriza hatte nur drei Prozent verloren und immerhin 33 Prozent erreicht. Am Wahlabend war er – trotz des eigenen Sieges – entsetzt. Sie würden also ein Drittel des Volkes gegen sich haben. Plus die Kommunisten. Das einzige westliche Land, in dem noch Kommunisten im Parlament sitzen. Aber nicht mehr lange. Aber ohne die Brechstange wie 1967. Man darf niemand aufschrecken. Nicht die verfluchte EU und auch nicht die NATO.

Aber letztendlich würden sie sich über ein stabiles Griechenland freuen. Lupenreine Demokraten sind weder Amerikaner noch Briten. Und Berlin wird glücklich darüber sein, wenn wir die Eurozone verlassen. Zurück zur Drachme. Darüber waren sich alle im „Kreis der Patrioten" einig. Nur mit einer drastischen Abwertung und einhergehender Kreditaufnahme war das Programm umsetzbar. Modernisierung der Armee und Trostpflaster für Arbeitnehmer und Rentner. Die Menschen wollen überall das Gleiche: nicht Demokratie, sondern unbeschwert leben in moderatem Wohlstand. Dann sind ihnen auch Wahlen egal. In erster Linie wollen sie ihre Ruhe.

Und der Europa-Trend gibt uns doch recht, dachte Migiakis. Nur sind die Herren Orban und Konsorten nicht konsequent genug.

Dieses Mal wird Griechenland zum Vorbild werden. Man muss nur behutsam vorgehen. Sehr von Vorteil ist, dass die Geheimdienste dem Militär unterstehen. Störende, weil liberale Elemente, werden sukzessive entfernt. Nicht wie früher getötet oder auf eine Insel verbannt. Das geht heute viel effektiver und geräuscharm. Was ist ein Mensch ohne Job? Mit gesperrten Kreditkarten? Aberkennung der Rentenansprüche? Ohne Handy? Und ständig unter Beobachtung: Kameras, Gesichtserkennung …

So macht man Menschen fertig im 21. Jahrhundert.

„Herr Premierminister. General Kolani wäre nun da!

„Soll hereinkommen!"

Kolani setzte sein breitestes Lächeln auf.

„Herr Premierminister. Nochmal herzlichen Glückwunsch. Stufe 1 mit Bravour gemeistert", antichambrierte Kolani.

„Danke. Aber wie Sie sagen, es ist erst Stufe 1. Aber deswegen sind Sie nicht hier. Was ist mit den Papers?"

Kolani holte tief Luft.

„Leider hatte Karamanlis nur einen Teil oder auch nur ein Blatt dabei. Der Anschlag war also umsonst. Abgesehen davon, dass ein Verräter eliminiert wurde!"

„Umsonst ist eine Untertreibung. Oder haben Sie die Schlagzeilen nicht gelesen?", fragte Migiakis.

„Doch. Natürlich. Ich entschuldige mich für meine Leute. Leider sind sie mitunter nicht die Hellsten!"

Was für viele Militärs gilt, dachte Migiakis.

„Wer macht uns Schwierigkeiten? Dieser linke Inselfürst?"

„Ja. Nikakis. Er ist eigentlich nicht links, aber allergisch gegen alles Rechte", antwortete Kollias.

„Was das gleiche ist", murmelte Migiakis.

„Wir können uns doch nicht von einer Schwuchtel vorführen lassen. Vor dreißig Jahren hätte man so jemand … lassen wir das!"

Was im Fall von Mykonos nicht stimmte. Selbst während der ersten Diktatur ließ man von denen die Finger. Zu viele. Hauptsächlich in der Oberschicht und der sogenannten Intelligenz, dachte Kollias, widersprach dem Premierminister aber besser nicht.

Wenn dieser …"

„Nikakis, Angelos", ergänzte Kollias.

„…diese Papers findet, sind wir Geschichte. Dann geht es für viele vom Syntagma direkt ins Gefängnis. Mit Schimpf und Schande. Ich hoffe, Sie begreifen das, Kollias. Das muss verhindert werden. Mit allen Mitteln!"

„Mit allen?"

„War das irgendwie missverständlich?", antwortete Migiakis.

„In keinster Weise!"

„Gut. Hören Sie zu. Nächste Woche wird das Universitätsasyl abgeschafft. Schluss mit diesem Unsinn. Diese linke Brutstätte muss beseitigt werden. Kommunisten, Anarchisten, Kriminelle. Sie wissen selbst, was dort los ist. Bisher darf die Polizei das Gelände nicht einmal betreten. Ein Witz!"

Es war tatsächlich die größte Kröte, die man 1974 schlucken musste. Sie war Bedingung für die Zustimmung der Linken zur neuen Verfassung.

„Das Gesetzesvorhaben darf nicht durch solche Schlagzeilen in Gefahr geraten!"

Migiakis hob die Zeitung hoch und knallte sie auf den Tisch.

„Oberste Priorität hat das Auffinden und Sichern der Papers. Und achten Sie auf …"

„Nikakis, Premierminister!"

„Und zur Not: Sie wissen schon!"

Migiakis seufzte.

„Wir haben aber noch ein Problem, Kollias!"

Nach einer kurzen Pause sagte er:

„Selbst, wenn wir die Papers finden: es gibt Zeugen. Verräter gibt es immer. Siehe Karamanlis!"

Kollani nickte.

„Da kann es keine Rücksicht geben. Sie müssen beseitigt werden!"

„Gut. Mehr will ich nicht wissen", sagte der Premierminister.

Typisch Politiker. Nur ja nicht die Hände schmutzig machen. Und Kollias war eines klar: würden sie scheitern, würde Migiakis ihn nie gesehen oder getroffen haben.

Er würde vor die Kameras treten und sagen: Ich kenne diesen Mann nicht!

Daher war es reine Selbsterhaltung, dass Kollias das Gespräch mitgeschnitten hatte.

Man weiß ja nie.

Maria lag zusammengekauert auf dem Sofa.

Unter größten Mühen hatten Angelos und Alex sie unter die Dusche getragen. Zunächst hatte sie um sich geschlagen. Klar. Männer griffen nach ihr.

Angelos war eines klar: nach dem Duschen waren alle Beweise weg. Und die Demütigung, fotografiert zu werden, wollte er Maria ersparen.

Die Täter würden bezahlen müssen, irgendwie, aber ein Strafrechtsverfahren war nun nicht mehr möglich, außer es gab Zeugen. Nur: die hüten sich normalerweise, auszusagen. So wie bei ihm. Die drei Zeugen waren die drei Täter.

„Lassen wir sie schlafen. Leg dich hin, Alex. Ich übernehme die erste Schicht", flüsterte Angelos.

„Angelos, lass dich nicht zu sehr darauf ein. Ich bin nicht vorbelastet, also kümmere ich mich um Maria. Die Befragung mache ich", sagte Alex.

„Lieb gemeint. Aber nur ich weiß, was sie durchmacht. Und ich habe sie dorthin geschickt. Was habe ich mir nur dabei gedacht?"

„Hör auf. Du bist NICHT schuld! Kümmern wir uns um die Täter. Und helfen Maria, auf die Beine zu kommen!"

„Ja. Bis morgen, Alex." Armes Ding, dachte Angelos. Die ganze Insel wird es erfahren. Bei mir wusste es niemand. Da hatte er eine Idee.

Am nächsten Mittag betrat Angelos das Rathaus. Er sah auf Marias Stuhl. Natürlich leer.

Als er gegangen war, schlief Maria noch immer. Erschöpfung. Und die Dosis Lorazepam. Aber er hatte noch mehr Sorgen. Es half ihm wenig, dass er wusste, dass das Höhenruder der Bonanza manipuliert worden war. Von wem war die Frage. Zwar tat Georgiadis alles, um die Untersuchung zu behindern und sicher war er es, der den Seilzug ausgetauscht hatte. Aber das machte ihn nicht zum Täter. Am Tag des Absturzes war er nachweislich auf Korfu. Sagte Tsanetis und Angelos glaubte ihm. Er hatte also den Auftrag bekommen, Beweise zu vernichten. Von wem? Und warum? Angelos war noch über einen weiteren Umstand erstaunt. Was suchte Georgiadis ausgerechnet beim Haus des Opfers? Und ausgerechnet dort war Maria bewusstlos geschlagen worden. Und danach ... Angelos durfte daran nicht denken. Er bekam eine Gänsehaut.

Leider hatte ihm der Fetzen Papier bisher nicht geholfen. Außer dem Datum und der Tatsache, dass es ein offizielles Papier war, gab es nichts Weiterführendes.

Ich muss bei Karamanlis ansetzen. Und wenn Georgiadis zu dessen Haus gefahren war, also eine Verbindung besteht, welcher Art auch immer, dann bringt ein direkter Besuch nichts. Alex meinte, in Karamanlis´ Haus wohne dessen Frau, jetzt Witwe, und sein Sohn. Als ehemaliger Kommissar auf Mykonos kannte Alex Yannis.

„Eine primitive Dumpfbacke. Die perfekte Kopie von Vater und Großvater. Ein paar Schlägereien und einmal Urkundenfälschung, wenn ich mich recht erinnere. Aber ein guter Sportler. Früher Fußball. Jetzt Basketball!"

Gut, dachte Angelos. Dann lass uns mal ein paar Körbe werfen.

21

Am Abend war Maria halbwegs ansprechbar, aber erinnern konnte sie sich nur an den Schlag auf den Kopf. Als sie erwachte, lag der Typ schon auf ihr, aber er trug eine Skimaske.

„Meine Hände waren gefesselt, ich konnte ihm die Maske nicht herunterziehen. Außerdem hat er mich immer wieder geschlagen. Ich erinnere mich nur daran, dass er an der Brust behaart war.

Danach wieder Filmriss, bis ich das Gesicht der Gemüsefrau sah!"

Sie hatte keine Tränen mehr.

„Möchtest du eine Zeit hier wohnen?", fragte Alex. Maria nickte.

„Kein Problem. Es kann aber sein, dass ab und zu eine Erektion vorbeiläuft. Also schieß uns bitte nicht über den Haufen. Wir sind harmlos!"

Maria lächelte schwach.

„Immerhin siehst du den schönsten Bürgermeister Griechenlands nackt. Ist doch auch was!"

„Der eigene Chef nackt? Na, das Vergnügen haben nur wenige", antwortete Maria.

„Und schon gar keine Frau!", fügte Angelos hinzu, um dann wieder das Thema zu wechseln.

„Deinen Freund hast du nicht mehr, richtig?"

„Nein. Es ging vor zwei Wochen auseinander!"

„Und deine Eltern sind auf Rhodos, oder?"

Maria nickte.

„Du könntest natürlich zu deinen Eltern …"

„Um Gottes Willen. Dann bekomme ich erst recht Depressionen!"

Sie schüttelte heftig mit dem Kopf.

„Ich konnte damals auch nicht in Urlaub fahren. Zuviel Angst. Allein in der Fremde. Blöd, war aber so", sagte Angelos.

„Das könnte ich jetzt nicht. Zumindest nicht ohne Waffe. Damit fällt Flugzeug flach!"

„Ich dachte mir, vielleicht möchtest du auf die Polizeihochschule. Du bist für deinen Posten überqualifiziert. Du wärst beschäftigt, kämst vom Tatort weg und hättest danach beruflich alle

Möglichkeiten! Ich weiß, es ist zu früh, aber überlege es dir!"
„Das klingt gut. Aber die Schule ist teuer, Angelos."
„Lass das mal meine Sorge sein!", sagte er und lächelte. „Ich bin ja nicht ganz unschuldig an …"
„Vergiss es. Du hast keine Schuld. Es war eine harmlose Observierung und ich war unvorsichtig. Außerdem kann ich von dir lernen, wie man damit umgeht. Das wird mir helfen!"
Angelos sagte ihr nicht, dass es bei ihm zwei Jahre gedauert hat. Mit Drogen und Alkohol. Wäre Alex nicht in sein Leben getreten …

22

KOMMT NICHT IN FRAGE", sagte Alex und betonte jedes Wort extra.
„Jetzt beruhige dich doch"; versuchte Angelos zu beschwichtigen.
„Beruhigen? Ich habe keine Lust, das Ganze noch einmal durchzumachen!", antwortete Alex und trat damit in den größten Fettnapf des Jahres.
Tatsächlich antwortete Angelos zunächst nicht.
„Ich wusste nicht, dass es für dich eine Zumutung war. Schwierig ja. Aber du wusstest, auf was du

dich einlässt, Und bei einem Menschen, den man liebt, ist es selbstverständlich, dass man hilft", sagte Angelos leise.

„Es ist selbstverständlich, natürlich. Und ich habe es gerne gemacht", versuchte Alex, seinen Faux-pas abzuschwächen.

„Klang gerade etwas anderes!"

„Bitte, Angelos. Es ist eine Schnapsidee. Basketball. Mit lauter nackten Männern, darunter ein Vergewaltiger und Mörder. Zumindest mut-maßlich. Wahrscheinlich willst du ihn auch noch allein abpassen!"

„So habe ich es mir gedacht"

„Wann warst du das letzte Mal allein unter mehreren nackten Männern?"

„Hast du Sorge, dass ich eine Erektion bekom-me?", ging Angelos dazwischen.

„Beantworte meine Frage, Herrgott!"

„Bei meiner Vergewaltigung. Und ja, ich weiß, dass ich einen Flashback bekommen könnte!"

„Oder dass es dir noch einmal passiert", meinte Alex.

„Ich war damals gefesselt, Alex. Das ist ein Unter-schied. Aber wie soll ich sonst an Karamanlis junior herankommen? Ich müsste all seine Freunde oder Feinde befragen. So habe ich einige von denen auf einem Fleck. Soll ich jeden einzeln befragen? Dafür haben wir keine Zeit!"

Natürlich war Angelos im Recht. Und er konnte provozieren. Aber Alex hatte einen Punkt ange-sprochen, der auch Angelos Sorgen bereitete. Ja, es war ein Risiko.

„Und wenn das eintritt, was du befürchtest, hilfst du mir dann?"

„Blöde Frage. Ich tue alles für dich", knurrte Alex.

„Etwas mehr Enthusiasmus, bitte!"

Alex musste lachen.

„Kannst du überhaupt Basketball spielen?"

Angelos verdrehte die Augen.

„Ich vergaß. Der Herr Bürgermeister kann einfach alles!"

„Fast. Und einiges kann ich besonders gut. Soll ich es beweisen?"

In Windeseile sprang Alex ins Bett.

Angelos lachte.

„Du bist so berechenbar, arkoudaki!"

23

10.08.19 (realer Vorgang)
Staatsfernsehen ERT

Parlament schafft Asylgesetz ab!
Die Abschaffung des Asylgesetzes war ein wichtiges Wahlversprechen des konservativen griechischen Premierministers Antonis Migiakis gewesen, der nach einer Niederlage seines Vorgängers und Rivalen Alexis Tsipras im Juli an die Macht gekommen war. In seiner ersten

großen Rede vor dem Parlament hatte Migiakis gesagt: "Die Universitäten werden von Feuerbomben, Unruhestiftern und Drogenhändlern befreit und wenden sich wieder Studenten, Professoren und Angestellten zu."

Nun ist die Abschaffung des Uni-Asyls eines der ersten Gesetze, das seine Regierung umsetzt. Aus Sicht der neuen Bildungsministerin Niki Kerameus geht es dabei keineswegs darum, einen Polizeistaat auf dem Campus zu errichten, sondern um eine "Wiederherstellung der Normalität".

„An einigen Institutionen gibt es immer wieder kriminelle Vorfälle, darunter Gewalt, Vandalismus und Drogenhandel", sagte Kerameus noch vor der Abstimmung im Parlament. Einige Universitäten seien zu sicheren Häfen für Menschen geworden, die außerhalb des Uni-Geländes kriminell geworden seien und auf den Campus kämen, um einer Verhaftung zu entgehen. "Sie setzen auf den Asylschutz ", sagte Kerameus.

Der Asylschutz war 1974 nach Ende der Diktatur Teil der neuen Verfassung geworden. Weder Polizei noch Staatsanwälte durften bisher das Gelände von Universitäten betreten.

24

Angelos tobte.

„Kaum gewählt, ändert man die Verfassung. Was wird als Nächstes abgeschafft? Die Pressefreiheit? Aber dann wandern wir aus. Und ich verstehe deine Gleichgültigkeit nicht!"

„Nicht jeder der unpolitisch denkt, ist ein gehirnloser Trottel. Manche haben erlebt, dass ihr eigenes Leben oder das ihrer Familie durch Politik zerstört wurde."

„Du meinst dich?", fragte Angelos erstaunt.

„Ja, ich meine mich. Aber ich habe bisher nicht darüber gesprochen. Nie!"

„Dann wird es Zeit. Schließlich bin ich dein Mann. Wem sonst willst du es denn erzählen? Von mir weißt du auch alles", sagte Angelos.

„Wir setzen uns jetzt in die Küche. Ich mache Espresso. Und dann erzählst du!"

Alex nickte. Aber es dauerte. Angelos wartete geduldig.

„Meine Großeltern waren Sozialisten. Sehr aktiv in der PASOK!"

„Das ist doch eine ganz normale sozialdemokratische Partei", unterbrach Angelos Alex.

„Ja. Aber nicht nach den Maßstäben von 1967. Sie wurden gleich in der ersten Nacht verhaftet!"

„Am 22. April 67? Ich dachte immer, da hat es nur die Großen erwischt?", fragte Angelos.

„Nein. Es waren über 1000. Meine Großeltern durften meine Eltern noch anrufen. Dann kamen sie weg, verschwanden spurlos!"

„Gyaros?"

„Gyaros, ja", sagte Alex leise.

Die Verbannungsinsel. Nackter Felsen, keine Gebäude. Verseuchtes, modriges Wasser und fast nichts zu essen. Und Hinrichtungen.

„Sie waren zwei Jahre dort und müssen unvorstellbar gelitten haben. Dann konnten sie fliehen. Und gerieten vom Regen in die Traufe!"

„Wieso?"

„Sie gingen nach Zypern. Verständlich, Gleiche Sprache, gleiche Kultur. Sie wollten ein neues Leben beginnen. Großmutter war schwanger. Mit meiner Mutter."

„Wo haben sie gewohnt?"

Alex schnaubte.

„In Famagusta!"

„Um Gottes willen! So etwas gibt es doch nur im Film!"

„Von wegen. Als die Türken die Invasion starteten, wollten sie zunächst bleiben. Famagusta war eine schöne Stadt, direkt am Meer!"

Und ist heute eine Geisterstadt. Die Waffenstillstandszone, die Pufferzone, geht immer noch mitten durch die Stadt. Teilweise steht noch das Geschirr auf den Tischen. Die Griechen mussten ihre Häuser fluchtartig verlassen.

„Sie wohnten leider im falschen Teil. Und mussten erneut fliehen. Nach Süden. Weg von den Türken. Ein Jahr lebten sie in einer Turnhalle, mit zwei kleinen Kindern. Als die Diktatur zusammenbrach, wollten sie wieder zurück nach Griechenland. Das neue Griechenland aufbauen. Das demokratische, vorbildliche …"

Alex lachte.

„Was für ein Witz. Sie zogen nach Mykonos. Und waren innerhalb kürzester Zeit geschockt. Es änderte sich nämlich fast nichts. Es saßen fast dieselben Leute an den Schaltstellen der Macht und die Korruption war fast noch schlimmer als in der Diktatur. Sie beschlossen, in die innere Emigration zu gehen. Sie und meine Eltern blieben hier. Und deswegen kam ich auf Mykonos zur Welt!"

„Ich bin froh, dass du es mir erzählt hast", sagte Angelos, „danke!"

„Sie haben nie mehr darüber gesprochen!"

„Da wäre ich auch bedient gewesen. Ausgerechnet Zypern. Unsere größte Lüge", regte sich Angelos auf.

„Um Gottes Willen. Bitte sag das nie bei einer Ansprache", bat ihn Alex.

„Kennst du die Bücher aus unserer Schule? Die Türken haben Zypern angegriffen und die Griechen vertrieben. Es war genau andersherum. Wir haben angefangen – und deine Familie musste es ausbaden. Warum lügen wir uns immer etwas vor?"

„Weil es schon immer so war. Erst waren es die Türken, dann die Deutschen, dann wieder die Türken. In Griechenland ist immer jemand anders schuld", sagte Alex resignierend.

„Aber in einem Punkt hast du recht: ich will keine Zustände mehr wie 1967. Also müssen wir herausfinden, wer hinter dem Absturz steckt. Und wo der Rest dieses Papier ist. Denn eines ist klar: es muss wichtig sein, wenn man deswegen ein Flugzeug abstürzen lässt!"

„Also muss ich Basketball spielen. Aber du könntest ja als Zuschauer dabei sein", schlug Angelos vor.

„Und mit Duschen gehen?", fragte Alex.

Angelos lachte.

„Mit anderen Männern? Nur über meine Leiche. Und überhaupt: was willst du mit einem anderen Mann? Schließlich hast du den ..."

„...schönsten und klügsten Mann der Insel!"

Alex grinste.

„Und was noch?", fragte Angelos.

„...der auch noch eine Granate im Bett ist!"

„Exakt!"

25

Die Geschichte der Basketball-Halle in Ano Mera ist ein typisch griechisches Trauerspiel. Ein Privatmann spendete 700.000 Euro für den Bau, mehr als genug, denn es sollte nur ein Platz mit Dach und ein paar Tribünen werden. Man begann. Als der Platz fertig war, ging das Geld aus. Nur 10.000 Euro blieben übrig. Die Ermittlungen, wohin die ganzen Gelder verschwunden waren, verliefen – natürlich – im Sande. Angelos erzählte, dass er den alten Akten entnehmen konnte, dass allein in Athen vier Ministerien mitmischten.

„Bei einer Sporthalle! Die wir selbst bezahlt haben. Ich glaub, ich spinne", hatte sich Angelos erregt. Als Bürgermeister hatte er – gegen wütenden Protest der Ladenbesitzer in der Altstadt – die Liegegebühren für Kreuzfahrtschiffe um 30% erhöht.

„Dann fahren die uns nicht mehr an", hatten die Nörgler prophezeit.

Was natürlich nicht passierte.

„Und überhaupt: manche von euch hätten überhaupt keine Läden mehr, ohne meine Hilfe", hatte Angelos in den Raum gebrüllt. Was stimmte. Die Gemeinde hatte nach dem Großbrand schnell geholfen. Beseitigung der Trümmer, Aufbaukredite.

„Habt ihr alle vergessen! Denkt mal an eure Kinder! Wo sollen die denn im Winter Sport treiben?" Der Winter auf Mykonos war mehr als unangenehm. Weniger die Temperaturen, aber dieser scheußliche, kalte Nordwind.

„Dann ist das so beschlossen. Gegenstimmen? Keine. Danke die Herren!"

Vier Wochen später begann eine türkische Baufirma mit dem Weiterbau. Selbstverständlich gab es deswegen Gerede, aber in Sachen Bau sind türkische Baufirmen erstklassig und weniger korrupt.

So lagen sie auch zwei Wochen vor dem Zeitplan. Zur Eröffnung kam die zweite Mannschaft von Olympiakos zu einem Spiel gegen die Inselmannschaft. Eine gute Tarnung, um sich für Basketball zu interessieren.

„Sie wollen beim Eröffnungsspiel mitspielen?", fragte der Trainer etwas erstaunt. „Ich dachte, Sie spielen nur den ersten Ball!"

„Ich bin dreißig und keine sechzig. Und ich würde gerne zwei Mal mittrainieren. Ich nehme auch niemand den Platz weg, weil beim Basketball ohnehin dauernd durchgewechselt wird."

Der Trainer bekam noch elegant die Kurve.

„Ist uns natürlich eine Ehre! Das Training wäre Dienstag in der Halle."

„Gut. Und warnen Sie Ihre Spieler vor, dass sie mit dem schwulen Bürgermeister Duschen müssen!"

„Ach, das ist doch heutzutage kein Problem mehr. Schon gar nicht auf Mykonos!"

Von wegen, dachte Angelos.

Wie oft musste ich mir hier schon „blöde Schwuchtel anhören …

26

Die meisten begrüßten Angelos freundlich, als er zum Training in Ano Mera erschien. Es gab einige ganz Junge, andere waren in seinem Alter.

Der Trainer sprach ein paar Worte und bedankte sich bei Angelos für die Fertigstellung der Halle. Daran habe niemand mehr geglaubt. Zumindest nicht zu Lebzeiten. Gelächter. Klatschen.

Karamanlis junior hingegen hatte die Arme verschränkt. Angelos beobachtete ihn genau. Während des Trainingsmatchs spielte Karamanlis mehrmals Angelos bewusst unsauber an. Selbst der Trainer merkte es und schrie: „Was soll das? Du passt so ungenau, dass niemand die Bälle erreichen kann?"

„Er müsste halt ein bisschen mitdenken", beschwerte sich Karamanlis.

„'Er' hat mehr im Hirn als du. Raus!"

Ohne Karamanlis lief es viel besser, was dieser von außen mit grimmiger Miene verfolgte.

Nach einer Stunde Training musste Angelos fest-stellen, dass er nicht mehr ganz so fit war wie er dachte.

Karamanlis junior kam näher und zischte leise: „Außer Puste, alter Mann?"

Nach weiteren fünfzehn Minuten beendete der Coach das Training. Die Spieler gingen unter die Dusche. Angelos wartete und auch Karamanlis ließ sich augenscheinlich Zeit.

Nach fünf Minuten betrat Angelos den Dusch-raum. Der Wasserdampf füllte die ganze Kabine aus. Angelos zog sich aus und ging zu den anderen unter die Dusche. Die meisten waren bereits am Abtrocknen, als Angelos den Hahn aufdrehte. Durch den Dampf glaubte er zu erkennen, dass auch Karamanlis zum Duschen gegangen war.

Nach wenigen Minuten verließen die restlichen Spieler die Kabine. Nur Angelos und Karamanlis waren noch im Duschraum.

Plötzlich spürte Angelos einen festen Griff an seinen Hoden und zuckte zusammen. Er roch den Atem eines anderen. In sein rechtes Ohr zischte eine Stimme: „Na, das müsste dir doch gefallen, du Hinterlader!" Karamanlis verstärkte den Druck und Angelos stöhnte erneut auf.

„Geh nach Hause zu dem anderen Perversling und halt dich raus aus Dingen, die größer sind als du. Sonst passiert dir das Gleiche wie deiner Freundin. Aber um zu verhindern, dass es dir sogar noch Spaß macht, nehmen wir ein Holzscheit."

Karamanlis hatte sein Kinn auf Angelos Schulter gelegt, um möglichst nahe an Angelos Ohr zu kommen. Und er machte einen Fehler, den viele Angreifer begehen. Er war sich zu sicher, die Situation im Griff zu haben. Er vergaß, dass Angelos den linken Arm noch freihatte.

Angelos streckte Zeige- und Mittelfinger und holte mit dem Arm aus.

Durch den Kopf auf der Schulter konnte er gut abschätzen, wo sich Karamanlis´ Augen befanden.

Hoffentlich erwische ich sie auch, dachte Angelos. Seine Bedenken waren unbegründet.

Er traf tatsächlich beide Augen. Karamanlis schrie auf, der Griff um Angelos Hoden lockerte sich. Schließlich wich Karamanlis zurück, die Hände vor

die Augen haltend. Da er nichts mehr sah, verlor
er das Gleichgewicht und rutschte auf dem ohnehin glitschigen Boden aus. Er knallte mit dem Kopf
auf die Fliesenkante der Duschen und war nicht
mehr Herr seiner Sinne. Angelos kniete sich neben
ihn, griff fest an Karamanlis´ Hoden.
Er bückte sich nach vorne und flüsterte Karamanlis
ins Ohr: „Slam dunk, du Arschloch! Du vergewal-
tigst niemand mehr!"
Er drückte fester zu und Karamanlis schrie.
Dann dachte Angelos an Maria.
Und drückte noch fester zu.
Und noch fester.
Zwei Minuten später hatte Mykonos einen zeu-
gungsfähigen Mann weniger.

27

Als Angelos zuhause die Szene schilderte,
war bei Maria ein Leuchten in den Augen
zu sehen. Die Strafe folgte auf dem Fuß. Ein
Prozess hätte Monate gedauert und ohne Beweise wäre eine Verurteilung sehr unwahrscheinlich
gewesen.
Alex hingegen schaute skeptisch. Angelos wusste
warum. Jeder Mann, der etwas Derartiges hört,
spürt einen imaginären Schmerz in den eigenen
Weichteilen.

„Das war grausam. Gott sei Dank war ich nicht dabei. Auch wenn es für Maria eine Genugtuung ist!"

„Um ehrlich zu sein, dachte ich auch an meine drei Peiniger", sagte Angelos. Sie waren in die Küche gegangen, wo Maria sie nicht hören konnte.

„Was machen wir mit Maria?", fragte Alex.

„Sie will das Angebot mit der Polizeischule annehmen. Wir ermitteln nicht mehr wegen der Vergewaltigung. Der Täter hat seine Strafe bekommen. So wächst vielleicht Gras über die Sache", antwortete Angelos.

„Und die Kosten?"

„Ich zahle. Ich war mitschuldig", sagte Angelos. „Oder besser: wir zahlen, wenn du einverstanden bist!"

Angelos und Alex hatten keine getrennten Konten.

„Natürlich. Auch wenn dich keine Schuld trifft. Mir wird jetzt noch schlecht bei dem Gedanken, dass Karamanlis das Gleiche mit dir hätte machen können!"

„Stimmt. Ich hätte dich leider nicht mehr schwängern können!"

Und beide lachten.

28

Am nächsten Morgen betrat Angelos das Rathaus und sah nur ernste Gesichter. Giorgios vom Bauamt kam auf ihn zu.

„Chef, oben sitzt seit einer Stunde ein Revisor des Innenministeriums!"

Angelos lachte.

„Giorgios, ich glaube, das nennt man heutzutage anders. Wahrscheinlich ‚Public service compliance‘." Angelos klopfte Giorgios auf die Schulter.

„Aber danke für die Warnung. Und sag allen, keiner spricht mit dem, ohne dass ich dabei bin!"

„Äh, es ist eine Frau, Chef!"

„Dann ist es eine doppelte Strafe", stöhnte Angelos.

„Und sie heißt auch noch Papadopoulos!"

Wie der vorletzte Diktator.

„Wieso überrascht mich das nicht? Wahrscheinlich die Enkelin. Das wird ja immer besser!"

Angelos betrat sein Büro.

„11.00 Uhr. Sie haben ja eine seltsame Arbeitsmoral", sagte die Frau spitz. Und Angelos merkte, wie die Frauenallergie von ihm Besitz ergriff. Frauen. Zur Not mit ihnen sprechen. Ok. Gezeter und Gekeife? Nein.

„Ich habe Sie nicht eingeladen. Mit diesem Namen würde ich mich nicht vor die Türe trauen!"

Was grob unter der Gürtellinie war. Und beabsichtigt. Gleich das Terrain abstecken.

„Nun, damals war nicht alles schlecht", ätzte sie.
„So? Fragen Sie mal diejenigen, die auf Gyaros dahinsiechten. Die Ermordeten können ja leider nicht mehr reden. Zu eurem Glück!"
„Ach Gott. Ihre linken Ideen gehören in die Vergangenheit. Hier wird sich viel ändern", sagte die Frau spitz.
„Hier ändert sich gar nichts. Nicht, solange ich da bin. Und im Gegensatz zu Ihnen bin ich gewählt. Von den Bürgern dieser Insel. Ich weiß sehr wohl, warum Sie hier sind. Aber Sie werden nichts finden. Außer Sie produzieren selbst etwas. Auch das soll schon vorgekommen sein!"
Bei einem linken Kollegen einer Stadt bei Saloniki fand man „zufällig" Kinderpornografie, die erst einen Tag vorher aufgespielt wurde. Was für ein Zufall.
„Man hat mich schon gewarnt vor Ihnen. Aber glauben Sie mir, Sie wären der erste Linke ohne Dreck am Stecken!"
„Ich lach mich tot. Die Diktatur war die korrup-teste Zeit überhaupt. Und wer hinterzieht denn Steuern? Die kleinen Leute oder die Reichen, die euch finanzieren? Aber mit Tatsachen haben Rechte ohnehin nichts im Sinn. Aber eines kann ich Ihnen sagen: ich bin mit 90% gewählt worden, Ihr Kandidat brachte es auf acht! Noch Fragen? Und jetzt gehen Sie schnüffeln!"
„Mit Vergnügen, Herr-Noch-Bürgermeister!"
„Hat mich gefreut, Frau Naziopoulos!"

Angelos Nikakis war ein sehr freihändiger Bürgermeister. Aber nie in die eigene Tasche, sondern immer auf den größtmöglichen Vorteil für seine Insel aus. Und Vorschriften und Gesetze wurden gebogen, bis es krachte.

Dennoch: Meine Insulaner werden mich nicht im Stich lassen, dachte Angelos.

Aber damit musste ich rechnen. Die andere Seite hat mich auf dem Kieker, spätestens seit den Schlagzeilen über den Flugzeugabsturz oder besser: dem Mord per Flugzeug. Natürlich hat die Presse eine Verbindung hergestellt zwischen dem offensichtlich bestochenen Flugermittler und dem Opfer, dem Sohn des ehemaligen Inseldiktators. Der neuen Regierung hat das bestimmt nicht gefallen. Zumindest würde sich die Familie nicht mehr fortpflanzen, dachte Angelos.

Karamanlis junior, der Enkel, „steht für mindestens drei Monate nicht zur Verfügung wegen eines Kreuzbandschadens", wie es auf der Website des Basketballklubs hieß. Der sann bestimmt auch auf Rache.

Angelos grübelte, als Giorgios zur Türe hereinkam und lachte.

„Chef, die Dame ist regelrecht hinausgerannt. Mit hochrotem Kopf!"

„Leider kommt sie wieder. Was gibt´s denn?"

„Etwas Seltsames. Vorhin hat Vlachou angerufen. Das ist der Sohn des …"

„… ehemaligen Bürgermeisters", ergänzte Angelos.

„Und was wollte er?"

Giorgios musste man immer alles aus der Nase ziehen.

„Er wollte Sie sprechen. Mir wollte er nicht sagen, um was es geht. Er meinte, Sie sollten ihn besuchen. Es würde sich lohnen!"

„Und wo wohnt Vlachou?"

„In Merchias."

Also am Ende der Welt.

„Geht´s noch weiter weg?", knurrte Angelos.

29

Kennst du Vlachou?", fragte Angelos, als sie am Abend im Bett lagen.

„Den Sohn des ehemaligen Bürgermeisters?"

„Gott sei Dank ist es endlich mal ein Sohn und kein Enkel. Ja, den!"

„Eigentlich nicht. Er ist bestimmt 20 Jahre älter als ich", sagte Alex.

„Also ist er siebzig?"

Kaum ausgesprochen hatte Angelos schon das Kopfkissen im Gesicht.

„Frecher Kerl. Noch so ein Scherz und ich verpasse dir eine Karamanlis-Behandlung!"

Angelos lachte.

„Und wer hat dann Sex mit dir?"

„Ich finde schon einen. Ich bin zwar nicht so schön und klug wie du, aber …"

„Danke. Ich höre es immer wieder gerne! Aber was ist jetzt mit Vlachou? Du warst Kommissar auf dieser Insel. Du musst doch irgendetwas über ihn wissen!"

„Nicht wirklich. Er lebte wie ein Einsiedler nach dem Tod seines Vaters. Ich glaube, es ging ihm so wie mir. Weit weg von der Politik!"

„Na, da ist er in Merchias genau richtig. Da ist nichts."

„Du bist auch Bürgermeister von Merchias, Großer!"

„Ich war auch schon zwei Mal da. Das erste und letzte Mal. Es war eiskalt und einfach nur deprimierend. Fährst du mit? Die Alten kennen dich und reden vielleicht eher!"

„Du meinst, man friert zu zweit leichter als allein!"

„Wir könnten auch eine Sexpause im Canyon einlegen", schlug Angelos vor.

„Ach, da ist es dem Herrn nicht zu kalt!", sagte Alex lachend.

„Ich dachte an einen geschützten Felsen!"

„Von mir aus. Spinner. Und jetzt gute Nacht!"

Aber es sollte keine ruhige Nacht werden. Um kurz nach vier wachte Alex auf und er wusste sofort, was los war. Er hörte Gebrummel und es roch kräftig nach Pfirsich. Angelos´ Körpergeruch. Angelos hatte den befürchteten Flashback.

Alex machte das Licht an und sah, wie sich Angelos hin und her warf, in Schweiß gebadet. Er brabbelte vor sich hin. Die Augen waren geöffnet, aber er nahm nichts war. Alex wusste, was zu tun war. Er ging hinunter in die Küche. Zwei doppelte Espresso im Thermobecher und drei kalte Tücher aus dem Kühlschrank, die dort immer bereitlagen.

Als er wieder im Schlafzimmer war, setzte er sich auf die Bettkante und versuchte, Angelos, eines der kalten Tücher auf die Stirn zu legen. Als sich Angelos nach rechts drehte, legte Alex sich hinter ihn und legte seine Arme um ihn herum.

„Ich bin da. Ruhig, Großer!", flüsterte er Angelos immer wieder ins Ohr. Der beruhigte sich tatsächlich und hörte auf zu zittern.

Es dauerte noch einige Minuten, bis er sagte:

„Alex?"

„Ich bin da!"

„Was ist passiert?", fragte Angelos noch ganz verwirrt.

„Was wohl? Du bist klatschnass, hast geschrien und dich von einer Seite auf die andere geworfen. Der klassische Rückfall!"

„Es tut mir leid. Bitte sag jetzt nicht, du hättest es gewusst, auch wenn es stimmt!"

Alex lachte.

„Nein, ich sage es nicht. Und leid braucht es dir nicht tun. Für solche Momente hat man einen Partner. Frischer Espresso? Lebensgeister wecken?"

„Oh ja!"

Eine Psychoanalytikerin hatte Alex den Espresso als Soforttherapie empfohlen. Und tatsächlich: nach dem Espresso schlief Angelos immer ruhig ein.

Eine Frage beschäftigte Alex seit ihrem Kennenlernen: Warum zum Teufel riecht mein Mann immer nach Pfirsich, obwohl er weder Lotion noch Parfum benutzt? Den Spitznamen „Mein kleiner Pfirsich" hatte zu zahlreichen fliegenden Espressokapseln geführt. Als Angelos zur Wahl antrat, entwarf Alex ein Plakat, auf dem oben nur ein Wort stand: WÄHLT. Und darunter das Bild eines Pfirsichs. Angelos hatte ihn quer durch das Haus gejagt.

„Kann ich mich auf deine Brust legen?", fragte Angelos.

„Klar!"

Morgen würde Angelos wieder der Toughe sein, als den ihn jeder kannte – und manche fürchteten. Aber die kannten die Vorgeschichte nicht.

Und das war gut so.

30

Am nächsten Morgen stand die Fahrt nach Merchias an und am Nachmittag wollte die „Ministeriumsschlampe", so nannte Alex sie, Angelos sprechen.

„Da ist sie aber schnell gewesen. Verdächtig schnell", meinte Angelos.

„Dann kann es nur dein Winkelzug mit Christeas´ Erbe gewesen sein!"

„Man merkt, du warst mal Kommissar!"

„Ich bin immer noch Kommissar!", regte sich Alex auf.

„Ach, Alex, Natürlich bist du noch Kommissar und ohne dich würde ich es nicht schaffen, siehe den Großbrand. Das weißt du doch. Also häng´ dich nicht an Verbformen auf!"

Alex brummte, was hieß: du hast recht.

Die Strecke nach Merchias war einfach nur: lang und staubig. Hinter Ano Mera wurde es schwierig und es kam ihnen tatsächlich KEIN EINZIGES Auto entgegen.

„Sibirien, sag ich doch", jammerte Angelos.

Immerhin war bei der überschaubaren Zahl an Häuser Vlachous Haus bald gefunden.

Er stand auch schon unter der Türe.

„Gleich zwei Kommissare. In der Geschichte Merchias´ ein herausragender Moment!"

Er lachte.

„Kommen Sie bitte herein!"

Es war das typische Haus eines Einsiedlers: aus der Zeit gefallen. Es war kein Fernseher zu sehen, keine Zeitung und natürlich kein Computer.

Angelos hielt Vlachou ein Schild hin und sagte zunächst nichts. Vlachou nickte und Angelos ging durch das Haus. Als er wieder zurückkam, hatte er drei kleine schwarze Kästchen in der Hand.

Er hob den Daumen.

„Konsequent einsam", war der einsilbige Kommentar Angelos´.

„Ja. Ich wohne ganz bewusst hier. Auch mein Vater wollte hier nie weg. Zeitlebens hatte er das Gefühl, jederzeit fliehen zu müssen. Deswegen der Nordosten mit einem Boot in der Bucht. Und an Bord immer frische Vorräte, die er jahrelang erneuerte!"

„Dann muss er einen traumatischen Schock erlitten haben", sagte Angelos.

„Waren Sie schon einmal auf Gyaros?", fragte Vlachou.

„Zu meiner Schande muss ich gestehen: nein. Ich weiß nur aus Büchern, was dort geschehen ist", antwortete Angelos.

„Dann sind Sie aber einer der wenigen, die sich überhaupt damit befasst haben. Sonst senkte sich der Mantel des Schweigens über diese sieben Jahre. Und über Gyaros", sagte Vlachou leise.

„Wussten Sie, dass sich jeder Dritte, der auf Gyaros Internierten hinterher umgebracht hat? Manche erst nach Jahren. Solang hat sie das Geschehene verfolgt!"

„Nein, das wusste ich nicht, aber glauben Sie mir, ich weiß, was ein Trauma ist und wie schlimm es für einen selbst und die Angehörigen ist."

Angelos sah Alex mit dankbarem Blick an.

„Wie mir Alex erzählt hat, sind Sie Ihrem Vater nicht in die Politik gefolgt."

Vlachou schnaubte.

„Nein, danke. Sie haben ihn am zweiten Tag verhaftet und nach Gyaros deportiert, schließlich war er der Bürgermeister und Sozialist. Mein Vater war sieben Jahre weg, Meiner Mutter haben sie denn Job genommen. Wie sie uns durchgebracht hat, weiß ich nicht. Ich durfte als Sohn eines Landesverräters in keinen Sportverein. Glauben Sie mir: ich war die Einsamkeit schon von Kind auf gewöhnt. Vater kam zurück und wurde wieder Bürgermeister. Nachdem mein Vater endgültig abtrat, zwölf Jahre nach Ende der Diktatur, muss so um 86 gewesen sein, war er desillusioniert. Die Ränkespiele unterschieden sich nicht von denen während der Diktatur. Es widerte ihn an. Deswegen war er es, der beschloss, dem ganzen Geschäft den Rücken zu kehren. Es war nicht sein Alter, wie immer behauptet wurde. Er war gerade mal sechzig. Für einen Bürgermeister gar nichts", erklärte Vlachou

„Oh Gott, dann habe ich noch dreißig Jahre vor mir", stöhnte Angelos.

Alex schnaubte.

„Du hast versprochen, bei der Hälfte …"

„Es war ein Scherz, Alex!"

„Sie sollten bleiben, Herr Nikakis. Die Insel darf nicht wieder den Rechten anheimfallen. Außerdem sagen die wenigen Menschen, mit denen ich spreche, Sie kümmerten sich besonders um die einfachen Leute!"

„Aber mir bläst täglich eisiger Wind ins Gesicht", antwortete Angelos.

Pause.

„Gut. Weshalb wollen Sie mit mir sprechen? Ich hoffe nicht nur über eine Laterne am Strand!", versuchte Angelos, etwas vorwärts zu kommen.

„Es hat mit der Gegenwart zu tun. Auch wenn der Ursprung 50 Jahre zurückliegt. Damals schickte Großvater Karamanlis meinen Vater in die Verbannung. Und es verschwanden ja noch mehr. Vater war auf Gyaros und der dortige Kommandant versuchte, als das Ende der Diktatur kam, sich in Sicherheit zu bringen. Er erzählte Vater alles, was auf der Insel passiert war. Dinge, die noch heute keiner weiß. Und darüber gäbe es Unterlagen, Beweise, aber die habe …"

„…Großvater Karamanlis", ergänzte Angelos. Vlachou nickte.

„Als das Ende nahte, beauftragte er seine rechte Hand, Sokrates, die Dokumente zu verstecken, weil sie zu brisant waren!"

„Ich wette, der Fetzen Papier vom Absturzort gehört dazu. Und wenn sie so brisant sind, dann bringt man auch ein Flugzeug zum Absturz", vermutete Angelos.

„Da passt aber einige nicht zusammen, Angelos.

Großvater Karamanlis und sein Sohn hassten sich. Es ging so weit, dass der Sohn in die PASOK eintrat. Er saß sogar im Gemeinderat", wand Alex ein. „Der Alte hätte ihm nie verraten, wo die Dokumente sind!"

„Es war nicht der Alte", sagte Vlachou.

„Sie wissen, wer die Papers hat?", fragte Angelos ungläubig.

„Nein. Aber wo sie bis vor kurzem waren, und ein Teil vielleicht noch ist."

Angelos hätte jubeln können.

„Haben Sie mit irgendjemand gesprochen? Wenn ja, sind Sie in Gefahr. Ich hoffe, Sie wissen das."

„Ach Herr Nikakis. Das ist mir egal. Glauben Sie, dass mein Leben mir noch etwas Positives bringt? Wenn ich ein neues 1967 mit verhindern kann, dann kann ich abtreten!"

Er war erst knapp über 50, sah aber aus wie siebzig.

„Haben Sie Arbeit, wenn ich fragen darf?"

Angelos schaut Alex fragend an. Was soll die Frage?

„Nein. Man hält mich für einen Sonderling. Mein Vater konnte mir nichts hinterlassen und Luxus ist für mich bedeutungslos. Wir hatten eine kleine Schreinerei, aber den Kunden war Merchias zu weit weg geworden. Der viele Verkehr. Sie wissen doch selbst, wie beschwerlich es ist!"

„Hören Sie. Die Gemeinde sucht einen Schreiner. Klar. Sie müssten sich an die neuen Maschinen gewöhnen. Aber Holz bleibt Holz!"

„Das ist sehr großzügig, Bürgermeister. Ich weiß nicht, ob ich das noch schaffe!"

„Probieren Sie es doch einfach. Ich habe gelernt, dass einem Arbeit über viel hinweghelfen kann. Überlegen Sie es sich. Und jetzt bitte weiter mit der Geschichte", sagte Angelos. Der Termin mit der Hyäne rückte näher.

„Selbstverständlich. Der alte Karamanlis hatte Sokrates versprochen, sich um ihn und seine Familie zu kümmern. Was er natürlich nicht tat. Es war letztlich mein Vater, der Mitleid hatte und ihn wiedereinstellte. Sokrates war nur Mitläufer und hat sich tatsächlich gewandelt. Er hat am Denkmal für die Opfer mitgearbeitet. Freiwillig!"

„Er hat es ihrem Vater erzählt. Wo die Papiere sind!!", preschte Angelos vor.

Vlachou lächelte.

„Die Ungeduld der Jugend!"

„Ja, er wollte sich rächen. Aber mein Vater hatte keinen Bedarf mehr an Aufklärung und hat nichts unternommen, mir aber davon erzählt."

„Und auch wo?", hakte Angelos nach.

„Leider nicht!"

Die Luft war raus. Sie waren so nah dran. Es ist zum Heulen, dachte Angelos.

Sokrates war vor einem Jahr gestorben.

„Trotzdem herzlichen Dank. Und das Angebot steht", sagte Angelos beim Hinausgehen.

„Vielen Dank!"

Und dann fügte Vlachou hinzu:

„Bitte halten Sie diese Typen auf!"

„Worauf Sie sich verlassen können!

31

Anstatt zum Auto zu gehen, ging Angelos zum Strand.

„Du möchtest den Sex aber bitte nicht am Strand. Ist doch etwas kühl", sagte Alex.

Angelos lachte.

„Nein, ich denke nach!"

„Willst du allein sein?", fragte Alex.

„Warum sollte ich? Ich brauche jemand, der mir widerspricht!"

„Advocatus diaboli?"

„Und dazu der Mann, den ich liebe. Also setz dich!"

„Deduktion am Strand?", fragte Alex scherzhaft.

„Klappe!"

So saßen Angelos und Alex bestimmt fünf Minuten.

Bis Angelos ein Lächeln zeigte.

„Verrätst du mir die Lösung?", fragte Alex.

„Von einer Lösung bin ich noch weit entfernt. Aber ich kann dir sagen, was wir als nächstes tun!"

„Ins Rathaus zu der Schnepfe?"

„Ja. Und wenn sie in ihrem Hotel ist, gehen wir beide auf den Friedhof", sagte Angelos.

„Sex auf einem Grabstein? Ich bin ja …"

„Dussel. Nein. Wir lassen Sokrates´ Leiche exhumieren. Es gibt keine Angehörigen …"

„Aber dafür brauchen wir einen Gerichtsbeschluss", gab Alex zu bedenken, fügte aber gleich

hinzu: „Ok, braucht der Herr Bürgermeister nicht.
Wir haben wieder einen Diktator!"
„Aber einen gutaussehenden und klugen!"

32

Gutgelaunt betrat Angelos das Rathaus und
Frau Papadopoulos saß schon in seinem
Büro. Sie wackelte mit ihrem linken Bein.
Triumphierend oder nervös.
„Betreten Sie immer anderer Leute Büro ohne
deren Wissen? In der Schule würde man sagen:
Benehmen ungenügend!"
„Dieses Büro gehört den Bürgern und ist nicht Ihr
Privatbesitz!"
„Die mich gewählt haben. Aber das hatten wir
schon …"
„Ich werde Anklage erheben wegen Veruntreu-
ung!"
„In welchem Zusammenhang bitte?", fragte
Angelos gelassen.
„Im Zusammenhang mit dem Großfeuer. Sie
haben den Betroffenen zinslose Überbrückungs-
gelder gewährt. Das ist nicht zulässig und erfüllt
den Tatbestand der Veruntreuung!"
Angelos lachte.
„Sie glauben im Ernst, dass Sie dafür eine gute
Presse bekommen? Sie machen mich zu einem

Märtyrer. In Athen wird man Sie auf den Scheiter-
haufen setzen. Was man mit Hexen so macht!"
„Nun, ich halte beim Sex nicht meinen Hintern hin.
Manche finden das abstoßend!"
„So? Der Gedanke, mit Ihnen schlafen zu müssen,
lässt selbst den überzeugtesten Hetero schwul
werden. Meines Wissens sind sie seit einem Jahr
geschieden und seitdem sieht man ihren Mann,
nun, soll ich weitermachen?"
Die Dame war nun kreidebleich im Gesicht.
„Das würde den Herren in Athen sicher nicht
gefallen", sagte Angelos mit dem
bezauberndsten Lächeln.
„Das ist meine Privatsache!"
„Wie mein Schwulsein! Sie wollen sich wirklich an
diese Geschichte mit dem Brand machen? Ich
kann Sie nur warnen. Das wird die größte
Blamage aller Zeiten!"
Frau Papadopoulos wurde unsicher. Dieser warme
Bruder ist mir zu gelassen, dachte sie.
„Dann äußern Sie sich doch!"
„Gerne. Darf ich einen Zeugen hinzuziehen?",
fragte Angelos.
„Es kann jeder hören, was Sie getan haben!"
„Mit Vergnügen. Giorgios!!"
Giorgios betrat das Büro.
„Setz dich bitte und führe Protokoll über das
Gespräch mit der Dame vom Ministerium."
Giorgios setzte sich an die Tastatur.
„Also: Mir wird vorgeworfen im Zusammenhang
mit dem Wiederaufbau des zerstörten Viertels
zinslose Kredite gewährt zu haben. Aus dem

Haushalt ohne Zustimmung der vorgesetzten Behörde. Soweit richtig?"

„Vollkommen."

„Im Übrigen solltest du die Uhrzeit aufnehmen, denn das war eine hyperschnelle Ermittlung. Athen könnte voll des Lobes sein ….

…wenn es nicht schlicht bescheuert und vollkommen daneben wäre. Sie – oder Ihre Kumpane in Athen – hätten besser recherchieren sollen. Denn das Geld stammt nicht aus dem Haushalt, sondern aus einem der beiden Spendenkonten!"

„Ich kenne nur eines und davon sind die Räumungsarbeiten und die Straßensanierung bezahlt worden", sagte die Dame.

„Ohne Beanstandung?"

„Es scheint so!"

„Nun möchten Sie wissen, was mit dem zweiten Konto ist. Im Übrigen ist jede Buchung vom Rechnungsprüfer gebilligt worden!"

„Darüber gibt es aber keinen Nachweis!"

„Oh doch. Die Prüfung ist mit Zustimmung aufgezeichnet worden. Wollen wir die Peinlichkeit fortsetzen?", fragte Angelos.

„Sie halten sich für besonders schlau, nicht wahr?"

Angelos lächelte.

„Für euch reicht es auf alle Fälle!"

Es wurde richtig peinlich für die Dame Papadopoulos.

Das Geld auf dem Konto stammt aus einer einzigen Quelle. Die Erbengemeinschaft Christidis.

Christidis hatte den Brand legen lassen, um ein großes Hotelprojekt verwirklichen zu können. Eine der Bewohnerin hatte er ermorden lassen, bevor er selbst umgebracht wurde.

Sein Erbe bestand aus einem Luxushotel in Kalafati und einem kleineren Hotel in der Chora, das – gewollt – ebenso abgebrannt war.

Die Inselbewohner wussten aber nichts davon, dass Christidis der Schuldige war. Öffentlich wurde lediglich Abu Bakar genannt, der den Brand zwar legte – aber eben nicht der Auftraggeber war.

Zur Testamentseröffnung erschien Bürgermeister Nikakis, sehr zum Unmut der Erben.

Und sie wussten, warum. Es war schlicht Erpressung, wenn auch zum Wohl der Bürger.

„Wenn öffentlich wird, wer in Wahrheit für den Großbrand UND den Mord verantwortlich war, dann wird niemand mehr Ihr Hotel in Kalafati besuchen. Das Hotel eines Mörders – da hilft auch der Luxus nichts. Und die Inselbewohner würden Ihnen die Hölle heiß machen. Vom Medienecho ganz zu schweigen. Ich mache Ihnen jetzt ein Angebot.

Ich halte die Wahrheit unter Verschluss und verschweige die Rolle des Verstorbenen. Damit schütze ich Sie und Ihr Hotel!"

„Ihre Hotels, wollten Sie sagen. Mehrzahl!", keifte eine Frau.

Angelos lächelte.

„Nein. Einzahl. Denn Wiedergutmachung für die Verbrechen Ihres Verwandten müssen Sie leisten.

Oder die Gemeinde und die Betroffenen werden Sie verklagen. Und ich berechne Ihnen jeden Liter Löschwasser, das garantiere ich Ihnen. Es geht aber auch anders. Ihr zweites Hotel, das abgebrannte ‚Hellenic' schenken Sie der Gemeinde, wovon wir Entschädigungen und die Kosten für den Einsatz bezahlen. Damit kommen Sie gut weg, denn Sie müssten das „Hellenic" ohnehin erst wiederaufbauen. Das Grundstück reicht mir!"

„Das ist Erpressung und eine Schande für einen Bürgermeister", erregte sich die übergewichtige Tochter von Christidis.

„Aber Brandstiftung und Mord sind ehrenhaft? Beides klebt an Ihrer Familie!"

„Das ist eine Unverschämt…"

„Halt's Maul, Eleni. Es ist keine Erpressung, sondern ein faires Angebot des Bürgermeisters. Herr Nikakis, Sie haben mein Wort: wir sind einverstanden!"

Es war still im Raum, nur die Tochter murmelte vor sich hin.

Als Angelos den Raum verließ, musste sich der Notar das Lachen verkneifen.

„Köstlich" hörte Angelos ihn leise sagen.

„Das Geld stammt aus der Schenkung bzw. dem Verkauf des Grundstücks. Keine dubiose Quelle und übrigens stand im Schenkungsvertrag ausdrücklich, dass das Geld für Entschädigungen oder für zinslose Darlehen im Sofortfall bestimmt ist. Notariell beglaubigt. Sie dürfen gehen!"

Die Dame rauschte aus dem Büro.

„Giorgios! Hol uns zwei Ouzo!"

33

Alex hatte in der Zwischenzeit im Café „Da Vinci" zwei Espressi zu sich genommen und das Getümmel der Touristen beobachtet. Chinesen, Chinesen und Chinesen. Ein Alptraum. Noch schlimmer war es hingegen auf Santorini. Dort gab es in den Gassen fast keine Luft mehr zum Atmen. Da eine chinesische Hochzeitsshow teilweise auf Santorini spielt, erstickt die Insel unter Gästen aus dem Reich der Mitte.

Man freut sich über jedes europäische Gesicht hier, dachte Alex und fragte sich, ob man durch solche Gedanken nicht schon zum Rassisten wird. Plötzlich wurde es laut. Vor dem Rathaus war eine Frau mit einem Touristen zusammengestoßen und schrie diesen laut an. Mit hochrotem Kopf rannte sie am Café vorbei, mit einem Packen Papier unter den Armen.

Alex lächelte. Vielleicht war das die Dame Revisor vom Ministerium? Wenn ja, hatte Angelos die Schlacht wohl gewonnen.

Zehn Minuten später kam ein lächelnder Angelos aus dem Rathaus. Er küsste Alex und bestellte ebenfalls einen Espresso.

„Sieg?", fragte Alex.

„Aber sowas von", antwortete Angelos. „Vorbei ist es aber bestimmt nicht. Irgendwas finden sie unter Garantie. Weil, ehrlich gesagt, ich nie in Verordnungen oder Gesetze schaue. Ich entscheide alles aus dem Bauch!"

„Du meinst eher aus dem ‚Six Pack'?"

Angelos lachte.

„Du weißt halt, was ich hören will. Gäbe es dich nicht …"

„Wäre der schönste und klügste Bürgermeister Griechenlands ganz schön aufgeschmissen", ergänzte Alex.

„Auf jeden Fall. Sage ich das eigentlich oft genug?"

„Du könntest es ruhig öfters tun!"

„Versprochen. Und jetzt nach Hause! Wir müssen später aber wieder her zur Exhumierung. Batsos habe ich bestellt!"

Alex drehte sich schon jetzt der Magen um. Eine einjährige Leiche schaut – das wusste er – viel übler aus, als eine frische oder eine ganz alte.

Sie fuhren nach Ornos und parkten direkt vor dem Haus. Alex ging durch das Gartentürchen (auch wenn es keinen Garten gab, sondern nur Kakteen) und sagte zu Angelos:

„Schau mal, wir haben eine Zeitung im Briefkasten. Wir kriegen doch sonst keine!"

In der nächsten Sekunde lag er benommen am Boden und blutete aus einer Platzwunde am Kopf.

„Verflucht, Angelos! Bist du wahnsinnig? Was soll das? Ich wollte nur zum Briefkasten!!"

„Eben. Versprich mir, dass du liegenbleibst. Ich gehe schnell zum Auto!"

Alex wollte sich auch gar nicht bewegen. Zu sehr schmerzte sein Kopf.

Als Angelos zurückkam, hatte er eine Taschenlampe in der Hand. Er zog einen Gartenstuhl heran und stieg darauf, sodass er von oben in den Briefkasten schauen konnte.

„Das war knapp", sagte er.

Im Inneren der gerollten Zeitung war ein Draht zu sehen, der verklebt war und nach unten in den Kasten führte.

Alex war aufgestanden und kreidebleich im Gesicht.

„Heißt das, wenn ich die Zeitung herausgezogen hätte...?"

„...dann hätte ich dich mit dem Staubsauger einsammeln müssen", antwortete Angelos. „Das war auf alle Fälle keine Warnung. Denn wenn ich es richtig sehe, ist es eine ziemlich große Masse Marzipan!"

„Marzipan?"

„Sagt man halt so. Semtex und das ganze Zeug sieht aus und riecht wie Marzipan", antwortete Angelos.

„Erinnere mich daran, dass ich Weihnachten darauf verzichte", knurrte Alex.

„Wir brauchen das Räumkommando", stellte Angelos fest.

„Du glaubst, da ist noch mehr?"

„Was ich glaube? Ich weiß es nicht. Jedenfalls muss das da entschärft werden. Und hineingehen sollten wir besser nicht. Zumindest nicht, bevor das Räumkommando grünes Licht gegeben hat!"

„Na, hoffentlich waren es nicht gerade die, die uns das Ei gelegt haben", sagte Alex.

Angelos küsste Alex auf den Kopf.

„Manchmal hast du die besten Gedanken. Du hast recht. Athen traue ich nicht mehr!"

„Und wo bekommen wir sonst Bombenentschärfer her?"

„Aus Saloniki", antwortete Angelos.

Seine frühere Einsatzstelle.

„Lass mich raten. Du kennst da einige Leute, die dir helfen und natürlich auch samt Roboter hierherfliegen. Aber geschlafen hast du mit keinem von denen!"

„Nein, habe ich nicht. Und du weißt das. Wie wäre es mit ein bisschen Dankbarkeit, weil ich dich vor der Pulverisierung gerettet habe?", fragte Angelos.

„Wehe, das sind irgendwelche Schönlinge, die dir an die Wäsche wollen. Dann werden die pulverisiert!"

34

Natürlich dauerte es, bis der Hubschrauber aus Saloniki eintraf. Vier vermummte Männer stiegen aus. Zwei davon nahmen die Mützen ab und kamen lächelnd auf Angelos zu.

„Hallo, Schöner. Oder müssen wir ‚Herr Bürgermeister' sagen?"

„Der gleiche Volldepp wie früher. Nikos, schön dich zu sehen. Dich auch, Yannis!"

Die drei umarmten sich.

„Und das ist Alex, meine bessere Hälfte!"

Nikos streckte die Hand aus.

„Hallo. Ich hoffe, Sie sind immer nett zu unserem Schönen!"

„Immer. Außerdem ist er jetzt *mein* Schöner!"

Die anderen zwei Männer schleppten eine Kiste zum Haus.

„Der Roboter?", fragte Angelos.

Nikos nickte. „Ich weiß nur nicht, was ich in den Bericht schreiben soll? Mykonos ist nicht unsere Zuständigkeit."

„Wie wäre es mit einer Bombe in Xanthi?", schlug Angelos vor.

„Irgend so etwas. Dafür haben wir aber etwas gut bei dir", sagte Nikos und lachte.

„Kommt nicht infrage", ging Alex dazwischen.

„Oh je. Unser Schöner steht ganz schön unter dem Pantoffel!"

„Nein, Nikos. Er ist der Glücksfall meines Lebens", sagte Angelos.

„Auch noch nach zwei Jahren? Wow. Da waren bei mir die Schmetterlinge aber schon lange verpufft", antwortete Nikos.

„Na, dann schauen wir uns das mal an!"

Nikos stieg auf den Stuhl und besah sich den Sprengsatz.

„Fahrt den Roboter her. Ich muss ins Innere sehen!"

Auf kleinen Raupen bewegte sich das Gerät zum Briefkasten und der obere Teil fuhr hoch, bis er die Höhe des Kastens erreichte.

„Was ist zu sehen?", fragte Nikos den Kollegen, der das Notebook auf den Gartentorpfosten gestellt hatte.

„Das Ding müssen wir kontrolliert sprengen. Aufschweißen geht nicht. Und anders kommen wir nicht hinein, um zu entschärfen!"

Nikos vertraute seinen Leuten blind.

„Das gibt dann wohl ein kleines Loch in der Hauswand!"

„Besser als ein kleines Loch in Alex!", sagte Angelos.

„Dann bring deinen Alex mal in Sicherheit!"

Zwei Minuten später schoss der Briefkasten zehn Meter in die Höhe. Nachdem sich der Rauch verzogen hatte, fehlten gute 30 Zentimeter in der Wand. Leider war es kein richtiges Loch, sonst hätte man die Kamera hineinfahren lassen können.

„Die Wand durchbohren oder die Türe?", fragte Nikos.

„Die Wand ist wohl ungefährlicher, oder?", fragte Angelos.

„Jup", lautete die knappe Antwort.

„Dann bohrt mal!"

Der Bohrer brauchte nur wenige Sekunden, denn der Außenwand fehlte schon ein größeres Stück.

„Kamera ausfahren. Schau auch auf Sprengfallen am Schloss!"

„Ich mache das nicht zum ersten Mal", knurrte Nikos´ Kollege.

„Ist ja schon gut. Dann lass ich den Hinweis auf Kontaktdrähte am Boden!" Nikos lächelte.

„Clean", lautete die knappe Antwort.

„Du kannst dein Liebesnest betreten", sagte Nikos und lächelte Angelos an.

„Bei der Wucht wäre von mir wohl nicht viel übriggeblieben." Alex war sichtlich unter Schock.

„Ich hätte mich schon um Angelos gekümmert", sagte Nikos grinsend.

„Das glaube ich sofort", knurrte Alex.

„Espresso, die Herren?"

„Nach dem Zusammenpacken gerne. Los, Jungs!"

Kurz darauf saßen alle um den Küchentisch.

Alle, bis auf Angelos, der aus dem Auto ein Gerät holte.

„Was zum Teufel ist das eigentlich?", fragte Alex.

„Ein ‚Protect 1207i'!"

„Na, das hilft mir jetzt sehr weiter", antwortete Alex.

„Ein Wanzensuchgerät, Alex!"

Nikos lachte.

„Wem hast du denn das abgeschwatzt. Lass mich raten: einem Freund beim EYP?"

„Treffer", sagte Angelos grinsend.

„Ihr Mann hat auffällig viele Freunde", meinte Nikos zu Alex.

„Leider auch einige Feinde. Siehe Briefkasten!"

Das Gerät schlug schon in der Küche an.

„Unter dem Tisch. Wie einfallslos", sagte Angelos. Der nächste Ausschlag im Wohnzimmer. Und im Schlafzimmer im ersten Stock. Die Wanzen waren an ähnlichen Stellen wie in Vlachous Haus.

„Soll das heißen, die hören uns beim Sex zu?", rief Alex nach oben.

„Na, das ist mein kleinstes Problem. Die Frage ist: lassen wir sie dort, um die Gegenseite nicht aufzuschrecken?"

„Unter keinen Umständen", sagte Alex entschieden.

„Wäre aber intelligenter, sorry!", entgegnete Nikos.

„Stimmt", stellte Angelos fest.

„Eine Bombe, Wanzen. Ich mache mir ernsthaft Sorgen um dich, äh, um euch. Wer zieht eine solche Show ab?"

„Jemand, bei dem es um alles oder nichts geht!"

Dieser Jemand saß 200 Kilometer nördlich in Athen.

35

Athen, Villa Maximos

Herrgott, Kollias. Kommen von dir auch mal gute Nachrichten?"
„Es tut mir leid. Ich habe die Gegenseite nicht unterschätzt, immer wieder gewarnt. Langsam glaube ich, es bleibt uns nur die finale Lösung!"

„Die wie eine Bombe einschlagen würde. Der Kerl ist beliebt und fast jeder Grieche kennt ihn seit dem Fähruntergang und dem Großbrand."

„Das ist mir bewusst!"

„Wie nah ist er dran, dieser Nikakis?", bohrte der Premierminister nach.

„Als ob wir das wüssten", knurrte Kollani, begriff aber sofort, dass dies die falsche Antwort war.

„DAS SOLLTET IHR ABER. Und jetzt bitte die genaue Lage, Und unterstehen Sie sich mich anzulügen!"

Kollani wurde sichtlich unwohl. Am Besten kurze Antworten.

„Nikakis war bei Vlachou."

„WAASS? Wie konnte das passieren? Über was haben sie gesprochen?"

„Das wissen wir nicht. Er hatte wohl einen Wanzendetektor dabei und die Wanzen bei Vlachou gefunden!"

Genauso war es. Als Angelos und Alex bei Vlachou eintrafen, hatte Angelos ihm einen Zettel hingehalten: „SAGEN SIE NICHTS. KEIN WORT! ICH ERKLÄRE ES SPÄTER.

Vlachou hatte genickt und Angelos hatte drei
Stück gefunden. Dank des „Protect 1207."
Kollias hatte Glück. Die Tür ging auf und
Innenminister Petropoulos betrat den Raum.
„Ah. Da kommt genau der Richtige!", knurrte der
Premierminister.
„Also das Militär hat versagt…"
Kollias wollte etwas erwidern, aber der Premier-
minister bedeutete ihm mit Handzeichen, er solle
die Klappe halten.
Der Innenminister war noch bleicher als Kollias.
„Sie sehen so aus, als hätten Sie weitere schlechte
Nachrichten!"
Der Innenminister nickte.
„Äh. Leider ja. Nikakis hat keinen Dreck am
Stecken. Er hat die Revisorin regelrecht blamiert.
Und das Ganze vor zwei Stunden online gestellt.
‚Jagd auf beliebten Bürgermeister gescheitert‘
heißt die Schlagzeile auf der Website der
‚Kathimerini‘"
„Na, bravo. Dann können wir auf der Schiene
nicht weitermachen!"
„Leider hat er auch die Bombe an der Haustüre
rechtzeitig erkannt!"
„Ah. Und unsere Bombenentschärfung hat ihm
dann noch geholfen?"
„Nein. Er hat die aus Saloniki geholt", sagte der
Innenminister.
Der Premierminister war ratlos.
„Der Mann nimmt es mit der ganzen Regierung
auf. Das nötigt mir sogar Respekt ab. ABER DAS
KÖNNEN WIR NICHT ZULASSEN. Gerade du solltest

wissen, was uns die Papers kosten können. Die Macht. Hätte ich dich doch nie mit ins Boot geholt", schrie der Regierungschef.

„Es war umgekehrt. Ich habe dich ins Boot geholt, aber das hast du wohlweislich vergessen!"

Von eigenen Fehlern ablenken, lautet die Devise.

„Aber wir gehen alle drei unter, das ist euch schon klar!"

„Nun beruhige dich doch. Die Wanzen in Nikakis´ Haus funktionieren noch. Wir erfahren schon noch, wo die Papers sind. Da bin ich zuversichtlich!"

Der nächste Idiot, dachte der Premierminister.

„Bei allem Respekt. Herr Nikakis entdeckt die Wanzen bei Vlachou. Und ihr glaubt, er hat nicht in der Zwischenzeit sein eigenes Haus gecheckt? Wie blöd kann man denn noch sein??"

Fassungslos sah er zum Fenster hinaus. Bald könnte es ein Fenster mit Stäben sein.

„Geld?"

„Vergessen Sie es. Interessiert ihn nicht. Wahrscheinlich auch, weil er vor zwei Jahren im Casino viel Geld gewonnen hat. Man munkelt 300.000 in einer Stunde!"

„Versteuert?", fragte der Premierminister, kannte aber die Antwort schon.

„Ihn mit ins Boot holen?

„Keine Chance. Er hasst uns. Er wäre ja niemals als Bürgermeisterkandidat angetreten, wenn der andere Kandidat nicht von uns gekommen wäre!"

Kollias zuckte mit den Schultern.

„Wir können ihn nicht einfach neutralisieren. Die Spuren würden auf uns deuten. Die Medien würden den Zusammenhang herstellen.

Außerdem rechnet er seit der Bombe unter Garantie mit dieser Variante! Also, meine Herren? Vorschläge!"

Stille.

Wie erwartet. Mehr als „Bumm" kennen die Herren nicht.

„Konzentrieren wir uns auf die Papers. Wir müssen dabei sein, wenn er sie findet. Komplettüberwachung. Mit allem, was Ihr habt. Und die Marine hält jedes Boot auf, selbst das kleinste, falls die Papers per Schiff weggeschafft werden sollen. Jeder Flieger wird auseinandergenommen. Vor allem die Privaten. Jedes Päckchen wird geöffnet!"

„Wir haben nicht so viel Personal!"

„DANN SCHAFF ES HIN!"

36

Hab ich bei Nikos das Richtige gesagt oder war das immer noch nicht deutlich genug?", fragte Angelos, als die beiden im Bett lagen.

„Das war sogar mehr als deutlich. Und es hat mich ehrlich gesagt fast zum Weinen gebracht!"

„Und jedes Wort war ernst gemeint", sagte Angelos leise.

Die Exhumierung hatten sie auf nächsten Tag verschieben müssen. Batsos hatte angerufen. Zwei Senioren hatten am Nachmittag beschlossen, dass es genug sei und sich ihrem finalen Schlaganfall hingegeben.

„Ich kann die beiden auch verschieben, aber dann fragen sich die Familien, warum. Und das Getratsche geht los! Du wolltest ja, dass es unauffällig geschieht. Deine Entscheidung, Angelos!"

„Da hast du vollkommen recht. Aber wenn morgen das große Seniorensterben einsetzt, dann lässt du sie liegen. Verstanden?"

„Zu Befehl, Herr Bürgermeister", sagte Batsos, der sich mit Angelos gut verstand. Schließlich lieferte Angelos die wirklich interessanten Leichen.

„Idiot", antwortete Angelos lachend.

„Halt: keine Helfer. Wir graben selbst!"

„Bist du verrückt? Ich hatte zwei Bandscheibenfälle", protestierte Batsos.

„Dann fällt ein dritter nicht ins Gewicht. Bis morgen!"

Angelos legte auf.

So hatten sie einen ruhigen Abend. Eine Explosion pro Tag reicht auch.

„Die nächste Post holst du", sagte Alex lachend.

„Geht nicht. Kannst du dir Splitter in meinem schönen Gesicht vorstellen?"

Alex grinste.

„Es wäre schrecklich. Ich müsste mir jemand anders suchen. Ich lese einfach die ‚Vogue' und schaue mir den zweitschönsten Bürgermeister Griechenlands an!"

„Diese dämliche Umfrage verfolgt mich wohl bis zum Lebensende", knurrte Angelos. „Sie war für einen guten Zweck!"

„Zwei Zwecke. Für die örtliche Schule und für deine Eitelkeit", stichelte Alex.

Angelos setzte sich auf Alex.

„Für diese Frechheit sollst du leiden!"

Alex lachte.

„Sag mal. Immer, wenn es brenzlig war, wirst du hinterher rollig. Kann das sein?"

„Tja, ich begreife dann immer: es könnte unser letztes Mal sein!"

Und Alex musste leiden.

Nicht, dass er es nicht genossen hätte.

37

Der Blitz soll dich treffen", stöhnte Batsos. Nicht, dass es nur anstrengend war. Es regnete sogar und war windig.

„Nun stell dich nicht so an. Wenn ich als Bürgermeister hier buddle, kannst du das auch. Möchtest du die Verdienstmedaille der Gemeinde?", raunzte Angelos zurück.

Er hatte ja recht. Es war durch das Wetter eine echte Zumutung.

„Alex. Kannst du den Klapp-Pavillon für Tatorte holen?"

„Wie passend für einen Friedhof. Wird erledigt!" Alex war gottfroh, dass er mit dem Graben aufhören konnte. Vielleicht könnte er ja im „Da Vinci" …

„Und unterstehe dich, im ‚Da Vinci' eine Espresso-Pause einzulegen", sagte Angelos grinsend.

Alex schaute ihn verdattert an. Der Mann zapft mein Gehirn an. Unglaublich.

„Ah. Und bring die hellere Lampe mit, bitte!"

„Batsos! Pause! Wir holen uns ohne Pavillon den Tod!"

„Dein erster guter Vorschlag heute", knurrte er. Es dauerte auch nicht lange, bis Alex wieder da war. Mit dem Pavillon. Und drei Bechern Kaffee. Angelos schmunzelte.

„So ist es in Ordnung, oder?", sagte Alex.

„Klar. Lass uns das Ding aufbauen!"

Sie hatten Übung, denn der Pavillon kam bei jedem Leichenfund in öffentlich zugänglichen Räumen zum Einsatz. Besonders am Strand war er geboten, da die Leichen sonst durch den Wind mit Sand bestreut würden. Ehrlich gesagt war der wichtigere Effekt: Touristen fernhalten. Ansonsten würden mindestens 200 Trottel Leichenfotos auf ihren Instagram-Accounts posten. Einer hatte sogar einmal über der Leiche gestanden und Nah-Fotos gemacht.

Als Angelos das sah, nahm er dem Mann das Smartphone weg und schleuderte es ins Wasser. Der Mann schaute, als hätte man ihm das Liebste im Leben weggenommen.

„So. Reicht", sagte Batsos.

„Und wie kriegen wir das Ding jetzt raus?", fragte Alex.

„Damit", sagte Batsos und zeigte auf eine Art Seilzug mit Motor.

„Ziemlich fortschrittlich und bestimmt sauteuer", antwortete Alex.

„ALEX!", rief Angelos. Hieß: Klappe halten. Berechtigt, denn Alex wollte fragen, ob der Apparat nicht eigentlich vom Finanzamt bezahlt worden war. Indirekt.

Batsos war sichtlich beleidigt, fuhr aber den Mini-Kran an den Rand des Grabes. Dann sprang er in das Loch und legte zwei Gurte unter beide Sargenden. Schon ging es nach oben.

„Der Technik sei gedankt!", versuchte Alex, seinen Fauxpas zu korrigieren.

„Sonst hätte ich meinen Job schon längst aufgeben müssen. Bestatter ist ein Knochenjob", knurrte Batsos.

„Na ja. Graben tun doch ohnehin deine Schwarzen", sagte Alex und wusste sofort, dass er jetzt besser die Klappe halten sollte.

„Himmel, Alex. Spinnst du? Batsos tut uns einen Gefallen. Schließlich ist das illegal", zischte Angelos Alex ins Ohr.

„Sorry. Funkstille. Versprochen!"

„Wohin, Herr Bürgermeister?"

Batsos war stinksauer.

„Können wir ihn auf der Steinplatte daneben abstellen? Den darunter wird es nicht mehr stören", schlug Angelos vor.

„Aber die Angehörigen. Die machen mir die Hölle heiß, wenn die Grabplatte verdreckt ist!"

„Auch noch, wenn ich deinen Schwarzen Hundert Euro gebe?", fragte Alex.

Angelos schaute Alex an, als wolle er ihn erwürgen.

„Also gut", sagte Batsos und schon knallte der Sarg auf das Nachbargrab.

„Hier, das Brecheisen. Lassen Sie doch den Schlaumeier mit seinem Kaffeebecher auch mal arbeiten, Bürgermeister!"

„Da hast du vollkommen recht, Batsos!"

Angelos nahm das Brecheisen und drückte es Alex in die Hand.

„Iiiich?"

„Wer redet hier denn schwach daher? Strafe muss sein!"

38

Batsos beobachtete mit größtem Vergnügen, wie sich Alex zum dritten Male übergab. Sokrates sah wirklich nicht gut aus. Von wegen Skelett.

„Sieht noch ganz passabel aus", sagte Angelos.

„BITTE??", hustete Alex hervor.

„Na ja. Ich meine, es ist noch erstaunlich viel dran!"

„Etwas zu viel nach meinem Geschmack", knurrte Alex.

„So – und jetzt holen wir ihn raus", sagte Angelos lapidar. Alex starrte ihn fassungslos an.

„Wir müssen die Leiche untersuchen und zu einer Leiche gehören zwei Seiten!"

„Und wenn er auseinanderbricht?", fragte Alex, der Verzweiflung nahe.

„Dann stört ihn das wenig. Seine Angehörigen auch nicht."

„Ah so. Der Herr Bürgermeister wirft die Einzelteile dann wieder in den Sarg", ätzte Alex.

„Komm, Batsos! Hilf mir!"

„Mit Vergnügen. Nachdem ich das gerade erleben durfte!"

Angelos und Batsos hoben die erstaunlich leichte Leiche aus dem Sarg. Leider war sie so leicht, dass sie tatsächlich unterhalb der Rippenbögen brach. Herr Sokrates war jetzt zweiteilig.

„Dafür kommst du in die Hölle", sagte Alex.

„Und treffe dort dich, mein Schatz", antwortete Angelos, dem Leichen noch nie etwas ausgemacht hatten, weder die aus der Schrottpresse, noch die vom Hai angenagte.

„Gib mir den Strahler, Batsos!"

Es war schwierig, denn der Übergang zwischen Kleidung und Gewebe war fließend.

„Mist. Ich hatte auf einen einfachen Hinweis gehofft!"

„Sowas wie einen Zettel: Herr Bürgermeister, die Papiere liegen im Schließfach zwölf?", fragte Alex. Sein Pech, dass Angelos gerade den Schädel in der Hand hielt. Und in Richtung Alex warf.

„Also bitte! Ein wenig Respekt", ging Batsos dazwischen, holte den Schädel und gab ihn Angelos zurück.

„Halt mal die Lampe, Batsos! Genau auf die Rückseite hier!"

Angelos drehte den Schädel ganz langsam nach oben.

„Da! Alex, komm her!"

„Schau ganz nach unten am Schädel. Ein Loch. Ein aufgesetzter Schuss direkt an der Kante!"

Alex nahm widerstrebend den Schädel in die Hand.

„Ja. Aber das Austrittsloch vorne wäre sofort aufgefallen."

„Nicht, wenn man ihn gezwungen hätte, den Mund weit zu öffnen. Gib mir mal die Elle da!"

Batsos reichte Angelos die Elle. Angelos legte sie an den Rand des Schädels.

„Wo zeigt die Elle hin?"

„In den Mundbereich. Aber es wäre trotzdem viel Blut geflossen!"

„Das Blut im Mund floss in den Magen. Das Loch im Genick verschlossen. Meist nimmt man Knetmasse. Ein glatter Durchschuss mit nur einem Loch und ohne Blut. Genial. Natürlich nur, wenn der Arzt keine Lust auf Arbeiten hat oder selbst beteiligt ist!"

„Gut. Dass er ermordet wurde, ist so überraschend nicht. Aber wo ist der Hinweis auf die Papers? Ich kann nichts sehen", sagte Alex.

„Ja und deswegen müssen wir aufschneiden", erwiderte Angelos.

„SPINNST DU JETZT VÖLLIG?"

„Noch lauter und man hört dich noch an der Promenade. Ich meinte nicht die Leiche, sondern die Kleidung!"

„Alex, wenn ich dir auf der Heimfahrt einen blase, holst du mir dann die Schere und die Blaulampe aus dem Auto?"

Schon war Alex weg.

„Lieber Gott. Geht das bei euch Schwulen immer so einfach?"

„Wir kreisen ungern drei Stunden um eine Sache herum. Direkte Frage, direkte Antwort, Handlung! Erleichtert das Leben ungemein", antwortete Angelos und lachte.

Und Alex war schnell zurück.

„Und wehe, du vergisst es nachher!"

„Lasst euch ja nicht erwischen", sagte Batsos grinsend.

„Wäre nicht das erste Mal", knurrte Alex.

„Warum nicht zuhause?", fragte Batsos.

Angelos und Alex antworteten zeitgleich: „LANGWEILIG!"

„So, Und her mit der Schere!"

Angelos schnitt den einen Ärmel ab. Das Abziehen war schwierig, denn Stoff und Haut waren wie mit einem Kleber verbunden. Aber mit etwas Kraft ging es. Angelos untersuchte den Arm – nichts. Der zweite Arm – nichts.

Angelos begann zu fluchen. Auch die UV-Lampe zeigte nichts.

„Gut. Runter mit der Hose! Und umdrehen!"

„Oh nein. Bitte, erspare mir das", flehte Alex.

„Dann schau weg, Herrgott! Batsos, bitte hilf mir! Wir müssen ja nur die untere Hälfte drehen!"

Die Haut an den Beinen war deutlich lederiger als an den Armen.

„Oberteile sind näher am Körper und verkleben eher. Zwischen Hosen und den Beinen ist meist mehr Spiel", sagte Angelos.

„Der weiß mehr über Leichen als ich", murmelte Batsos, zu Alex gewandt.

„Daran gewöhnt man sich. Das Lobpreisen übernehme schon ich!"

Angelos fuhr mit der Lampe über die Beine. Beim zweiten stockte er und fuhr noch einmal über die Stelle.

„Ich brauche jemand, der die Haut auseinanderzieht. Genau hier! Batsos, bitte!"

Und dann konnte man es sehen. Ein Tattoo, aber mit Hautfarbe gestochen.

„So war es fast nicht zu sehen. Der Mann hatte es echt drauf. Aber es war schon mutig, zu glauben, dass es jemand findet", stellte Angelos fest.

„Großer, ich sage es ungern. Aber er wusste wohl, dass du die Leiche untersuchen würdest. Wenn auch mit Verspätung", sagte Alex. „Es war mein Fehler. Ich habe nur mit dem Arzt gesprochen und der meinte, es sei ein Herzinfarkt gewesen. Es war nichts zu sehen!"

„Aufgesetzter Schuss am Genick und kein Blut. Und vielleicht hat dich der Arzt absichtlich irregeführt!"

„Den können wir schlecht fragen", antwortete Alex.

„Ja. Weil du ihn erschossen hast. Und das zu Recht. Er war ein Schwein", stellte Angelos fest. Dimitriadis. Er hatte mit Organen gehandelt und Angelos fast getötet.

„So, Batsos. Jetzt bitte kräftig ziehen nach oben. Ich ziehe nach unten und du, Alex, gehst nah mit der Lampe ran!"

Und dann kam die Schrift zum Vorschein:
Fünf Buchstaben.

„Delos?", fragte Alex.

„Nein", sagte Angelos. Er ging ganz nah heran: „Renia. Genial. Er hat das Zeug ausgegraben und nach Renia geschafft. Er hatte Karamanlis versprochen, dass er die Kiste nach Delos bringt. Als Karamanlis ihn im Stich ließ, grub er sie aus und versteckte sie neu!"

Batsos flüsterte Alex ins Ohr:
„Du hast ein Genie als Mann."

„Um Gottes Willen, sag es nicht laut!"
„Das habe ich gehört", sagte Angelos.
„Und Batsos hat recht!"
Alex schaute Batsos an und meinte:
„Siehst du?"

39

Am nächsten Morgen saß Angelos am Küchentisch. Obwohl es eher ein Tisch im Überwachungsraum war. Bei einem Einsatz vor zwei Jahren hatte Angelos´ Freund beim EYP einiges an Spielzeug in Ornos gelassen. Die Monitore für die Kameras – selbst mit Gesichts-erkennung, hingen an der Wand und der ursprüngliche, große Tisch wurde gegen ein Multiboard ausgetauscht – mit anhängendem Esstisch(chen). Zu Alex´ Unmut.

„Wer holt sich denn die Arbeit in die eigene Küche?", lautete sein Kommentar

„Möchtest du lieber dauernd im Auto unterwegs sein? Oder nachts stundenlang irgendwo auf dem Boden liegen?", fragte Angelos.

„Wenn ich dabei an dir herumfummeln darf, ja!"

Angelos lachte.

„Hat dir gestern nicht gereicht?"

„Wenn deine Wähler wüssten, dass ihr Bürger-meister ein Sexmonster ist, dann …"

„…würde ich noch mehr Stimmen bekommen", antwortete Angelos grinsend.

„Es fehlen ja nur noch acht Prozent, dann kannst du auch in Pjöngjang antreten! Die haben auch ähnliche Technik in der Küche!"

„Wie halte ich es nur mit diesem Nörgler aus?", fragte Angelos gen Himmel.

„Weil du mich liebst, agapi-mou!"

„Möchtest du dann mitfliegen?"

„Nicht, wenn es nicht sein muss. Mir ist noch übel von deiner Leichenfledderei. Wenn Gott das gesehen hat, dann hast du schlechte Karten", sagte Alex.

„So? Du meinst es hat ihm gefallen, dass du dir einen hast blasen lassen?"

„Äh. Sollte Gott schwul sein, schon!"

„Da hab ich so meine Zweifel. Schließlich hatte er einen Sohn", antwortete Angelos.

„Das war eine unbefleckte Empfängnis!"

„Na, du hingegen warst gestern alles andere als unbefleckt!"

„Doofkopf!"

„Dann mache ich mal meinen Flug mit Kostas. Halt, ich muss erst in Saloniki anrufen!"

Alex stöhnte.

„Schon wieder ein Freund?"

„Nein, Mein Gott bist du eifersüchtig. Ein Kollege. Hetero!"

Es dauerte, bis Angelos den Kollegen von der Materialprüfung an der Strippe hatte. Leider hatte Angelos auf „Raumlautsprecher" gestellt.

„Angelos? Hallo, Schöner!"

Alex verdrehte die Augen.

„Folgende Frage: Sonne heizt Steine auf, aber die geben die Hitze relativ schnell ab, oder?"

„Im Vergleich zu was?"

„Zu einem Metallkasten!"

„Klar. Regnet es auf heißes Metall, zischt es, bei Steinen nicht."

„Gilt die höhere Temperatur auch, wenn der Kasten hinter einem Stein liegt oder knapp unter der Erde?"

„Mann, oh Mann. Bist du Schatzsucher geworden?"

Angelos lachte.

„Irgendwie schon!"

„Hinter einem Stein staut sich die Hitze länger als auf der freiliegenden Seite. Ja, der Kasten wäre wärmer als der Stein."

„Super. Vielen Dank!"

Angelos strahlte.

„Dann machen wir jetzt einen touristischen Rundflug!"

„Aber Kostas soll sich alles genau anschauen. Ich will nicht noch einen Absturz", mahnte Alex.

„Ach und dann noch eines: vielleicht liege ich ja falsch, aber macht eine Wärmebildkamera nicht erst abends Sinn?"

Angelos schaute ihn konsterniert an.

Dann schlug er sich gegen die Stirn.

Alex lachte.

„Das Genie nimmt wohl gerade eine Auszeit!"

„Unverschämter Kerl", knurrte Angelos.

„Was mache ich denn jetzt?"

„Du meinst mit mir? Wir könnten uns unterhalten."

„Nö. Dann lieber f*****. Ab nach oben!"
„Ich habe mich gerade erst angezogen",
protestierte Alex.
„Dann war das ein Fehler", gab Angelos zurück.
„Sexmonster!", knurrte Alex nicht ganz ernst
gemeint.
„Und sag deinem Gott, er soll wegschauen!"

40

Also Kostas: wollen wir es nochmal
durchgehen?"
Kostas verdrehte die Augen.
„Bitte nicht, Angelos. Es wäre das dritte Mal.
Starten. Über Renia nach Delos. Aber über Renia
langsam und kurz anhalten, wie du so schön
gesagt hast. Du meinst wohl kreisen. Und dann
weiter nach Delos. So lange wie möglich über
Delos kreisen und dann hinunter bis kurz über dem
Boden. Dann wieder über Renia zurück und dort
wieder kurz Position halten und dann zurück. Habe
ich was vergessen?"
„Natürlich. Das Wichtigste: bis Delos keine Lichter,
aber über Delos Festbeleuchtung", sagte
Angelos.
„Ich darf das Positionslicht nicht abschalten,
Angelos!"
„Also gut", knurrte Angelos.

„Und bitte nicht zu sehr wackeln, sonst sehe ich durch die Wärmebildkamera nichts!"

„Vielleicht hätte ich einen Hubschrauber auf Schienen kaufen sollen. Wir haben Windstärke vier und das ist kein A380. Und überhaupt: könntest du mir sagen, um was es eigentlich geht?"

Angelos schüttelte den Kopf.

„Nein. Ansonsten fliegt dir die nächsten Tage ein Rotorblatt ab. Aber nicht von allein!"

Kostas schaute entgeistert.

„Na vielen Dank. Ich bin ja viel von dir gewohnt ...

„Sollte ich meine Frau noch einmal anrufen?"

„Eine Frau braucht man nie anrufen", sagte Angelos und lachte.

41

Sie näherten sich Renia, kleiner als Mykonos, aber deutlich größer als Delos. Die Insel besteht aus zwei Teilen, die nur durch eine kleine Landbrücke miteinander verbunden sind. Unbewohnt, aber mit drei ganz passablen Sandstränden, die aber meist menschenleer sind, außer man benutzt ein Boot. Versuche, dort ein „Resort" anzulegen, hatte Angelos mit aller Macht verhindert.

„Unbewohnt heißt unbewohnt, basta!"

Kostas hielt sich an den Flugplan des Bürgermeisters. Er sah praktisch nichts und Angelos starrte auf die Aufnahmen vom Boden.

Nichts. Zumindest auf dem südlichen Teil. Wenn ich nichts finde, habe ich ein Problem, dachte Angelos. Mit einer Hundertschaft alles abgrasen ging nicht – die Gegenseite wüsste es nach einer Minute.

„Weiter, Kostas. Lichter an und so auffällig wie möglich!"

Sie erreichten Delos nach zehn Sekunden, so eng lagen die Inseln beieinander. Touristen zahlen meist viel Geld, um sich die archäologischen Schätze aus der Hubschrauber-Perspektive anzusehen.

Kostas umkreiste die Insel mehrmals.

„Und jetzt runter in die Nähe der Löwen!"

„Ich sehe gar nichts, Und schon gar keine Löwen. Ich hoffe, da steht keine Säule!"

„Dann bleib auf zehn Meter. Und pass auf den Kinthos auf". Kinthos war der Hügel im Zentrum der Insel.

„Ist ja nicht das Matterhorn", knurrte Kostas.

„Ok. Reicht. Jetzt zurück, Licht aus und über den nördlichen Teil!"

Angelos starrte hinunter. Auf einer unbewohnten Insel konnte es doch nicht so schwer sein, eine Wärmequelle auszumachen. Außer Sokrates hatte den Kasten tief verbuddelt. Angelos wollte daran nicht denken. Da! Ein Wärmesignal.

Aber Kisten können nicht fliegen und laufen und das Etwas bewegte sich. Wahrscheinlich ein Vogel.

Und dann sah Angelos es. Ein kleines orangenes Feld. Im Inneren der Kiste staute sich die Hitze des Tages, die rundherum bereits durch die Nacht und den Wind vertrieben worden war.

„Noch eine Runde, Kostas, und dann wieder zurück!"

Breitengrad: 37.4047, Längengrad: 25.2283, notierte Angelos in sein Handy.

Eigentlich unnötig, denn er würde es auch so finden. Die Kiste befand sich in der Mitte eines Dreiecks aus Büschen.

Danke, Sokrates, dachte Angelos.

42

Der Innenminister stürmte ins Amtszimmer des Premierministers, die Vorzimmerdame hinterher.

„Sie können nicht rein", schrie sie ihm hinterher.

Ah, der amerikanische Botschafter, dachte der Innenminister.

Natürlich konnte der Premier den Minister nicht vor dem Gesandten in den Senkel stellen.

Er schüttelte nur mit dem Kopf.

„Ernest, wir sprechen morgen weiter. Wie wäre es zum Abendessen in meinem Haus? Sofern dir dein Sicherheitsdienst es erlaubt!"

„Kein Problem. Athen ist nicht Bagdad", sagte der Botschafter und verabschiedete sich.

„Mach gefälligst einen Termin", raunzte der Premierminister.

„Du wolltest immer auf dem Laufenden bleiben und Telefonen traue ich nicht!"

Weil du sie selbst abhören lässt, darunter mein eigenes, dachte der Premier.

„Also. Raus mit der nächsten Katastrophe!"

„Keine Katastrophe, im Gegenteil: ein großer Fortschritt. Wir glauben zu wissen, wo die Papers sind."

Der Premier zog die Augenbrauen hoch. Erstaunlich. Hätte ich diesen Dilettanten gar nicht zugetraut.

„Also, sprich!"

„Sie sind auf Delos. Nikakis ist gestern mit dem Hubschrauber hingeflogen. Und ist gekreist und an einer Stelle gelandet!"

Letzteres stimmte nicht, aber die Herren sollten es glauben.

„Hat er die Kiste mitgenommen?", fragte der Premierminister mit Panik in der Stimme.

„Nein. Der Hubschrauber wurde von einem Marineboot aus beobachtet. Die Türen blieben zu."

„Also hat er die Stelle nur sehen wollen, um am nächsten Tag oder wahrscheinlich eher in der Nacht, die Kiste zu bergen!"

„So sieht es aus!"

„Gut. Dann sag dem Marineminister, er soll die Insel komplett abriegeln. Umgehend. Zunächst müssen wir verhindern, dass Nikakis auf die Insel kommt. Dann kümmern wir uns um die Bergung!"

„Gefahr gebannt. Es ist nur noch eine Frage von Stunden", sagte der Innenminister.

Dessen Optimismus teilte der Premier nicht.

Man soll das Fell des Bären …

„Sag mal, weißt du, wie Nikakis auf Delos kam?"

„Ich denke, es hat mit der Exhumierung vorgestern Nacht zu tun!"

„Welcher Exhumierung?"

„Er hat das Grab von Sokrates geöffnet, der ehemaligen rechten Hand von Großvater Karamanlis. Da hat er wohl einen Hinweis gefunden!"

„Herrgott. Auf die Idee hättet ihr auch kommen können. Der Typ ist euch immer einen Schritt voraus. Ich hoffe, es bleibt nicht so. Sonst sind wir am Ende. Ich will, dass nicht mal eine Möwe auf Delos herumwatschelt. Verstanden?

„Natürlich!"

Gut. Vielleicht kriegen sie es ja diesmal hin. Schade, dass ich nicht solche Leute habe. Klug und clever. Na ja, das kann man von Militärs nicht erwarten.

43

Staatsfernsehen ERT

Die Regierung hat bekanntgegeben, dass Delos ab sofort für Besucher geschlossen werden muss. Am übernächsten Wochenende plant die Regierung einen nationalen Festakt auf der Insel.

‚Delos, das geistige Zentrum der Antike, wichtiger als Athen und Sparta, ist der ideale Ort, an dem das neue Griechenland seine Verbindung zu den Zeiten zeigt, in denen unser Land groß und mächtig war. Ein starkes Griechenland wird bald wieder den Respekt der ganzen Welt genießen. Im Rahmen der Zeremonie werden auch verdiente Griechen ausgezeichnet', so die Worte des Premierministers.

Bürgermeister Angelos Nikakis, zu dessen Gemeinde Delos zählt, meinte, es sei ein schändlicher Missbrauch einer historischen Stätte zu Partei- und Regierungszecken. Die alten Griechen würden keineswegs Beifall klatschen, sondern sich beschämt abwenden. Es werde eine bestellte Jubelveranstaltung, bei der sich geistige Pygmäen selbst feiern. Der Innenminister hat den Bürgermeister wegen Beleidigung angezeigt.

44

Angelos und Alex saßen in der Küche und schauten auf den Monitor.

„Was glaubst du, wieviel Mann sind das?" Auch Delos war mit reichlich Kameras ausgestattet zum Schutz der archäologischen Schätze – im Freien wie im Inneren.

„Ich denke, es sind mehr als hundert", sagte Alex. „Zum Schießen. Ich lach mich tot! Noch besser wird es, wenn sie anfangen zu graben. Dann gibt es die nächste Pressemitteilung des empörten Bürgermeisters!"

„Angelos. Brems dich. Manchmal fehlt es dir echt an Maß. Dann polterst du einfach los. Die ‚geistigen Pygmäen' hättest du dir verkneifen können. Man kann nicht in Frieden leben, wenn man sich so viele Feinde macht! Außerdem steht dir billige Polemik nicht. Dafür bist du zu intelligent!"

Angelos legte die Arme um Alex und küsste ihn auf die Stirn.

„Ich bin froh, jemand zu haben, der mir ab und zu den Kopf wäscht. Und du hast recht. Außerdem bringe ich dich in Gefahr und das ist das letzte, was ich will. Wenn mir das Adrenalin in den Kopf schießt, dann …"

„Ich weiß. Genau das macht dich aber auch so gut! Nur: rechtzeitig die Bremse treten!"

„Es fängt aber gerade erst an. Alles bisher war nur das Vorbeben", sagte Angelos.

„Ich weiß. Und ich fürchte mich vor dem, was kommt. Griechenland ist mir scheißegal. Aber …"

„Ich weiß, was du sagen willst. Ich verspreche dir, vorsichtig zu sein", antwortete Angelos.

Alex lachte.

„Angelos und Vorsicht. Klingt wie Papst und Gruppensex! Was hast du mit den Papers vor, falls du sie findest?"

„Hängt davon ab, was darinsteht!"

„Das meinte ich nicht. Wohin bringst du sie?", hakte Alex nach.

„Hierher. Wir müssen sie zu zweit lesen. Es werden ja nicht nur ein paar Blätter sein!"

„Du glaubst, die Herren werden einfach zuschauen, wie du mit der Kiste hierherfährst und dann einen Leseabend veranstaltest? Darf ich dich an unseren Briefkasten erinnern?"

Alex hatte recht. Man würde – wenn nicht beim Bergen der Kiste -, spätestens aber hier in Ornos registrieren, wenn ich mit einer Kiste oder einem Packen Papier einlaufe. Dass wir rund um die Uhr überwacht werden – daran besteht kein Zweifel.

„Ich habe eine Idee", sagte Angelos und griff zu seinem Handy.

„Milos. Wie viel Security-Männer hast du?"

Milos war der Besitzer des Scorpio's, eine der angesagtesten Beachclubs.

„Mit Aushilfen zwölf!"

„Bewaffnet?"

„Nein, Angelos. Ist ja nicht erlaubt!"

„Erzähl mir jetzt keinen Müll. Haben deine Leute Waffen?"

Milos zögerte.

„Ja. Wir brauchen sie, weil …"

„Entspann dich. Ich brauche die Männer privat, um unser Haus zu sichern!"

Milos lachte.

„Hast du einen gewalttätigen Stalker?"

„Ja. Die griechische Regierung", antwortete Angelos.

„Ach du Scheiße. Sechs kann ich dir überlassen! Aber nur, wenn du die Verantwortung dafür übernimmst. Ich will keinen Ärger!"

„Versteht sich von selbst. Danke. Hast was gut. Ich brauche sie ab 20 Uhr!"

„Ist damit die Sperrzeit ab 6 Uhr Geschichte?", fragte Milos.

Angelos lachte.

„Du bist und bleibst ein Gangster. Aber die Antwort ist ja!"

45

Also, wir machen es so: du ziehst ein weißes Shirt an und ein Cap. Dann sehen wir uns halbwegs ähnlich", sagte Angelos.

„Abgesehen vom schönen Gesicht und den Muskeln", antwortete Alex grinsend.

„Wo du Recht hast …, weiter: du fährst zum Hafen. Yannis gibt dir ein Boot und du fährst ein wenig um Delos herum. Ich starte von hier aus, zehn Minuten später!"

„Darauf werden sie nicht hereinfallen", gab Alex zu bedenken.

„Nein, aber sie müssen sich aufteilen und es stiftet Verwirrung! Aber bitte versenke dich nicht selbst. Du bist der schlechteste Bootsführer in der griechischen Geschichte!"

Zehn Minuten später verließ Alex das Haus. Tatsächlich folgten ihm zwei schwarze SUVs. Wie immer dachte Angelos, dass man ebenso gut in Leuchtschrift „Polizei" oder „Geheimdienst" hätte darauf schreiben können. Ein Smart oder Golf wäre unauffälliger. Auf den Monitoren sah Angelos, dass die Fahrzeuge auch am ersten Kreisverkehr noch hinter Alex fuhren.

Er wartete, bis Milos´ Männer eintrafen, pünktlich, und gab ihnen eine Einweisung.

Dann packte er seine Sachen und ging zu dem Boot am Kitesurferstrand, keine hundert Meter von ihrem Haus entfernt.

Es war eine eher helle Nacht, was hieß, Angelos konnte weitestgehend auf Licht verzichten. Von Delos her war Scheinwerferlicht zu sehen und ein unverständliches Gekrächze. Angelos grinste. Alex hatte die gewollte Aufmerksamkeit auf sich gezogen. Er selbst sah keine Verfolger. Da sie das Ziel zu kennen glaubten, waren sie wohl nach-lässig geworden.

Angelos machte das kleine Boot fest und ging in Renia an Land.

Die drei Büsche, keine 100 Meter vom Strand entfernt. Schnell erreichte er die Stelle und war erleichtert, als er merkte, dass der Untergrund aus Sand bestand und nicht aus betonharter Erde. Offensichtlich hatte auch Sokrates keine Lust gehabt, sich körperlich zu überanstrengen.

Nach wenigen Minuten lag die Kiste frei. Und sie war kleiner als Angelos vermutet hatte. Schubladenformat, Metall. Er zog sie aus dem Loch. Vorher hatte er die Sorge, dass es sich um eine Kiste größeren Ausmaßes handeln könnte. Die er nicht allein würde tragen können. Er hätte die Dokumente in mehreren Gängen zum Boot schaffen müssen. Alle Befürchtungen waren Makulatur.

Am liebsten hätte er bereits hier mit dem Lesen begonnen. Er widerstand und trug die Kiste von geschätzt nur zehn Kilo zum Boot.

Er blickte sich um. Noch immer war rund um Delos Trubel. Gut gemacht, Alex.

46

Als er sich dem Strand von Ornos näherte, kamen Milos´ Männer Angelos entgegen – wie abgesprochen. Es waren finstere Gestalten, die sicher alles im Repertoire hatten. Von Vergewaltigung bis Mord. An diesem Tag war Angelos froh, Männer dieses Schlages um sich zu haben. Gegen gute Bezahlung würde sich diese

Typen auch in eine Schlacht werfen – und Angelos hatte sie gut bezahlt. Natürlich zunächst nur zur Hälfte. Den Rest gab es, wenn Angelos und Alex am nächsten Mittag noch am Leben wären und das Haus noch vier Wände und ein Dach hätte.

Es dauerte noch gut 15 Minuten, bis auch Alex wieder eintraf und schallend lachte.

„Militärs. Haufenweise Soldaten und Schiffe, Lichtgiraffen und Megafone, aber zu blöd, um ein kleines Boot mit einem Mann aufzubringen!"

„Gott sei Dank haben sie nicht geschossen", meinte Angelos erleichtert.

„Dann hätten sie riskiert, dass ich sie nicht zu der Kiste führen kann. Da war ich mir ziemlich sicher!"

„Und du bist nicht gekentert. Du machst Fortschritte", lästerte Angelos grinsend.

„Ich bin eben doch Grieche. Das Meer ist mein Freund!"

Das war die Lüge des Tages. Alex wurde schon seekrank beim Anblick des Straßenschildes „Zum Hafen".

„Espresso und die Lesestunde beginnt", sagte Angelos.

47

Es dauerte nicht lange, da erkannten Alex und Angelos, dass die Aufzeichnungen und Dokumente sich überwiegend mit den Vorgängen auf Gyaros beschäftigten.
Der Lagerkommandant hatte offensichtlich gewissenhaft alles von Bedeutung zu Papier gebracht.
Anruf aus Athen. Pattakos. Morgen kommen zwölf Inhaftierte auf die Insel. In Baracke sperren ohne Verpflegung. Tags darauf kommt ein Leutnant, der ein Experte in Sachen Vernehmungstechnik ist. Es ist ein Generator bereitzustellen.

Ankunft des Spezialisten. Inhaftierte werden befragt. Offensichtlich mithilfe Elektroschocks. Den ganzen Nachmittag Schreie. Am nächsten Morgen Hinrichtung der zwölf, persönlich vorgenommen durch den Leutnant. Er bestand auf Festhalten der Hinrichtungen auf Foto.
Er schoss allen direkt von der Seite in den Kopf. Sie waren zuvor an einen Holzpfahl gefesselt worden. Leutnant befahl anschließend, die Leichen aufeinanderzustapeln. Er stieg auf die Leichen und ließ erneut ein Foto machen. Er zeigte das Victory-Zeichen. Am nächsten Tag verließ der Leutnant Gyaros.
Sein Name ist Lakas Petropoulos. Alter 22.

Alex stockte der Atem. Die Fotos waren eindeutig und ekelhaft. Er stotterte.
„An..ge…gelos. Schau dir das an!"

Er reichte Angelos den Bericht und die Fotos.
Angelos stand auf und ging zum Fenster.
„Das ist ja schlimmer als die SS. Bitte schau im Netz
nach, wie alt Petropoulos ist!"
Es dauerte nur ein paar Sekunden:
„73. Jahrgang 1946, der Bericht ist von 1968. Er ist
es."
Angelos schlug die Hände vor dem Gesicht
zusammen:
„Der Vernehmungsspezialist von 1968 ist heute
Innenminister!"

Unter Mai 1969 stand:

Ankunft General Kollias mit Sohn und drei Terroristen.
Kollias bestand darauf, dass sein 10 Jahre alter Sohn bei der
Befragung dabei ist. Zur Abhärtung, er sei verweichlicht.
Elektroschocks an den Genitalien. Sohn saß ohne Regung
dabei. Wahrscheinlich aus Angst. Leichen wurden
verbrannt. Sohn half Leichen zu stapeln. Fotos anbei.

„Wie alt ist Kollias, Alex!"
„Moment. 55!"
„Dann ist der heutige Luftwaffenchef dieser Sohn.
Strafrechtlich nicht verantwortlich. Dennoch wäre
er erledigt", sagte Angelos.
„Mein Gott. Wir haben gerade die ersten Dossiers
gelesen. Ich fürchte mich vor dem, was noch
kommt!"
„Offensichtlich haben sich die Herren sehr an der
SS orientiert. In unseren Geschichtsbüchern heißt
es zwar, die Diktatur habe Menschenrechte ver-

letzt, sei aber nicht vergleichbar mit den Nazis oder Spanien unter Franco. Kollektives Verschweigen", stellte Angelos fest.

„Weil diese Mörder nie ganz verschwunden sind", fügte Alex an.

Und dann kam die Akte der Akten. Sie lag auf Angelos´ Stapel.

1974
Anweisung Lager zu räumen und Verlegung nach Xanthi. Dennoch Eintreffen einer weiblichen Person. Yasmin Can. Türkin. Zeichen von Misshandlungen. Hysterisch. Kommt aus Samos. Sie wurde vor einer Woche verhaftet. Ihr Sohn blieb dort oder wurde verschleppt. Sie sei Haushälterin von Oberstleutnant Karamanlis auf Mykonos gewesen. Verschleppter Sohn sei Karamanlis´ Sohn. Nachdem sie schwanger wurde, Deportation nach Samos. Sie ging drei Tage später ins Wasser. Leiche nicht auffindbar.

„Aber das kann nicht Nikos Karamanlis sein. Er wurde vor der Diktatur geboren", sagte Angelos ratlos.
Nächstes Papier.
Eine Adoptionsurkunde aus Mykonos. Karamanlis adoptiert einen Sohn namens Mustafa Can.

„Der rechte General adoptiert seinen eigenen Sohn, der einen türkischen Namen hat?", fragte Alex.

„Und dann das Datum. Die letzten Tage der Diktatur!"

„Warte, hier geht es weiter! Oh Gott!"

„Selber Tag. Antrag auf Namensänderung von Mustafa Can in ... Schau her!"

Angelos starrte auf den Namen und begann laut zu lachen.

„Ok. Karamanlis wollte seinen Sohn nun doch. Er erklärte, Mustafa sei der Enkel seiner Schwester. Beide Elternteile tot. So steht es unter ‚Verwandt-schaftsgrad'! Klar. Der türkische Name ging nicht. Der ‚Enkel seiner Schwester' klingt plausibel!"

„Warum hat er nicht seinen Namen für das Kind verwendet? Er war doch der tatsächliche Vater?"

„Alex, damit hätte er praktisch zugegeben, dass er seine Frau betrogen hat. Jeder wusste, dass sie definitiv nicht schwanger war. Deswegen die Geschichte mit der Schwester und der andere Name!"

„Angelos schau! Fotos!"

Vor einer Schule. Im Urlaub und hier vor einem Gebäude mit Säulen", sagte Alex.

„Wahrscheinlich eine Uni. Auf welchem PC ist dieses Alterungsprogramm. Du weißt schon. Man kann sehen, wie man im Alter aussieht. Morpheus Photo Mover! Genau!"

„Auf PC 3, glaube ich!"

Angelos scannte das Uni-Foto und sogleich erschien es.

Er öffnete die Software und gab das Alter ein: 55.
Mustafa war 1964 geboren.
Es dauerte wenige Sekunden. Angelos und Alex
starrten ungläubig auf den Bildschirm.
Ohne Zweifel.
Es war das Bild von Premierminister Antonis
Migiakis.

48

Der Innenminister saß auf dem Sofa im
Amtszimmer des Premierministers.
Er sah aus wie neunzig, dabei war er erst
siebzig.
Der Premierminister hätte Mitleid empfunden,
wenn er nicht selbst in höchster Gefahr gewesen
wäre. Das ist nicht nur sein Ende, sondern auch
meins.
„Er hat euch nach allen Regeln der Kunst ausge-
trickst. Ein einziger Mann!"
„Das stimmt nicht. Sein Ehemann hat mitgeholfen.
Er hat uns in die Irre geführt. Wir dachten, dass
Angelos Nikakis mit dem Boot nach Delos über-
setzt und für uns die Kiste ausgräbt. In Wirklichkeit
war es Alexandros Nikakis!"

„Ein Ablenkungsmanöver. Und ihr seid darauf reingefallen!"

Der Innenminister wurde immer leiser.

„Währenddessen ist Angelos nach Renia gefahren. Dort lag in Wahrheit die Kiste. Auf den Satellitenaufnahmen sieht man ein Boot am Strand. Dasselbe Boot lag später in Ornos. Fünfzig Meter vom Haus von Nikakis entfernt. Er hat die Kiste mit den Papers!"

Der Premierminister bekam einen hochroten Kopf.

„Dann holt sie euch, verflucht!"

Der Innenminister schüttelte den Kopf.

„Wie denn? Das Haus wird von acht Schwer-bewaffneten bewacht. Keine Ahnung, wer die Typen sind. Wir können ja keinen Sturmangriff mit Dutzenden von Toten riskieren. Oder sollen wir eine Luft-Boden-Rakete in das Haus jagen? Dann liegt das halbe Dorf in Trümmern. Oder vielleicht eine Invasion à la D-Day?", ätzte der Innenminister.

„Deinen Zynismus kannst du dir sparen. Du landest im Gefängnis, das ist dir schon klar!"

„Nein, ich gehe den Weg des ehrenhaften Soldaten!"

„Aber nicht hier! Und von wegen ‚ehrenhafter Soldat'. Wie kann man nur so blöd sein, und sich bei Hinrichtungen fotografieren lassen."

„Ach, halt die Klappe. Ich war jung. Wenigstens bin ich Grieche und kein türkischer Bastard!"

Der Premierminister war starr vor Entsetzen.

„Du glaubst, ich hätte es nicht gewusst?!"

Die Türe wurde geöffnet.

„NICHT JETZT", brüllte der Premierminister, als seine Sekretärin hereinschaute. „Es ist aber dringend, Herr Premierminister. Der Flughafen auf Mykonos hat angerufen. Ich soll ausrichten, es wurde nichts gefunden. Ach ja, und der Bürgermeister von Mykonos bittet um einen Termin. Er heißt …"
„Angelos Nikakis, ich weiß!"
„Ende", sagte der Premierminister. „Hätte ich mich nur nicht auf euch eingelassen!"
Der Innenminister stand auf und sagte:
„Es ist wohl eher umgekehrt!" und nach kurzer Pause: „Mustafa"

49

Bürgermeister Angelos Nikakis lief über den Syntagma-Platz in Athen und erklomm die Stufen des ehemaligen Palastes von Otto, dem ersten König Griechenlands, heute Sitz des Parlamentes. Er blickte über den Platz. Ruhe. Noch. Dann nahm er ein Taxi zur Villa Maximos, dem Sitz des Premiers.
Er nannte den zwei Polizisten am Eingang seinen Namen. Einer der Männer nickte mit dem Kopf und brachte ihn ins Büro des Premiers.
„Bürgermeister Nikakis", sagte der Polizist zur Vorzimmerdame. Hübscher Kerl, dachte sie. Ein Verlust für die Frauenwelt.
„Sie können hinein. Der Premierminister erwartet Sie."

Trotz allem war Angelos nervös. Nicht, dass er Angst um sein Leben hatte. Dennoch.

Der Premierminister kam auf ihn zu und schüttelte ihm die Hand.

„Endlich lernen wir uns kennen, Herr Nikakis!"

„Ich glaube nicht, dass Sie mein Besuch erfreut!"

„Da täuschen Sie sich. Ich wollte den Mann kennenlernen, der alle an der Nase herumgeführt hat. Ehre deine Gegner und erkenne, wenn du geschlagen bist! Clausewitz!"

„Nein. Sun-ya-tsen. Sind Sie geschlagen?", fragte Angelos.

„Mit den Papers? Sie wissen haargenau, welchen Zündstoff sie enthalten."

„Ja. Aber eines muss ich klarstellen: Herkunft spielt für mich keine Rolle. Die Tatsache, dass Sie Halb-türke sind, ist für mich ohne Bedeutung. Es sind Ihre politischen Vorhaben, die ich missbillige!"

Der Premierminister nickte.

„Das glaube ich Ihnen sogar. Unbestechlich und edel", ätzte er.

„Freiheitsliebend und mit einem Gefühl für Gerechtigkeit. Etwas, das den Opfern von Gyaros nie widerfahren ist!"

„Ach, Vergangenheit!"

„Die bald wieder Gegenwart werden sollte, nicht wahr?"

„Sollte. Das ist jetzt wohl vorbei. Lassen Sie uns wohlfeile Reden sparen und kommen wir zur Sache. Was wollen Sie, Nikakis?"

Angelos holte einen Zettel hervor.

Zehn Minuten später sagte der Premierminister:
„Sie sind verrückt. Vollkommen!"
Angelos lachte.
„Ich war nie klarer!"
„Ich darf Premierminister bleiben? Sie könnten mich vernichten!"
„Ach wissen Sie, ich finde, ein Halbtürke als Premierminister ist vielleicht genau das, was dieses Land braucht!"
„Und Sie wollen nicht indirekt von Mykonos aus die Regierung …"
„… beeinflussen? Nein. Jetzt nicht mehr. Ich bleibe ein kleiner Bürgermeister in der Ägäis. Allerdings könnte ich manchmal Hilfe aus Athen brauchen. Bei Fördergeldern oder so!"
Der Premierminister lachte.
„Natürlich verraten Sie mir nicht, wo die Papers jetzt sind? Bei den sechs Mann, die Sie in alle möglichen Richtungen geschickt haben, fanden wir nur stapelweise Papier!"
„Sind doch Papers, oder?"
Der Premierminister grinste.
„Aber ich sage es Ihnen gerne. Meine Nachbarin hat ihre Tochter besucht und freundlicherweise ein Päckchen mitgenommen!"
„Äh, und wo wohnt die Tochter?"
Es war mehr eine rhetorische Frage.
„Ich habe nicht die leiseste Ahnung", sagte Angelos und lachte.

50

Staatsfernsehen ERT

Der Premierminister gab heute Morgen eine Erklärung ab zum Selbstmord von Innenminister Petropoulos. Es habe innerhalb der neuen Regierung und in der Partei eine rechte Verschwörung gegeben, die offensichtlich eine autoritäre Staatsführung zum Ziel hatte. Nach entsprechenden Berichten, so der Premier, habe er den Innenminister zur Rede gestellt. Dieser habe die Vorwürfe bestätigt. Daraufhin habe der Premier ihn entlassen. Am Morgen sei der Innenminister dann tot in seinem Haus aufgefunden worden. Er, so der Premier, dementiere vehement Meldungen, wonach er selbst in die Verschwörung verwickelt gewesen sei. ‚Ich bin ein aufrechter Demokrat', sagte er vor der Presse.
Zwischenzeitlich wurde bekannt, dass der Chef der Luftwaffe, General Kollias, und zwei weitere Mitglieder des Generalstabs in den Ruhestand versetzt wurden.
Der Premier kündigte eine umfassende Untersuchung an, ohne Rücksicht auf die Partei.
Er wies Forderungen der Opposition zurück, die seinen Rücktritt verlangt.
„Ich bin der Meinung, dass es Griechenland guttun würde, wenn eine Regierung der nationalen Einheit gebildet würde, paritätisch besetzt mit Vertretern der Konservativen und der Linken. Nur so ist das Vertrauen in die Unabhängigkeit der

Untersuchung zu gewährleisten." Ferner gab der Premier bekannt, dass die Aufhebung des Asylrechts in der Universität zurückgenommen werde. Die Änderung sei auf Betreiben der rechten Clique geschehen, denen viele Abgeordnete gefolgt sind, ohne die weiteren Absichten zu kennen.

Nein, er empfinde keine Trauer über den Tod des Innenministers. Er sei ein Hochverräter gewesen. Natürlich wäre es besser gewesen, man hätte ihn vor Gericht stellen können.

Nein, Bürgermeister Nikakis habe mit der Aufdeckung nichts zu tun. Er sei ein hervorragender Bürgermeister, aber man solle ihn nicht überschätzen.

Der Premier schloss mit den Worten ‚Ich werde jetzt den Oppositionsführer treffen, um ihn zu informieren und ihm die Beteiligung an der Regierung anzubieten'.

„Das ist doch nicht zu glauben", schimpfte Alex.
„Er hat sich genau an das Drehbuch gehalten", antwortete Angelos gelassen.
„Braver Mustafa!"
„Wäre ich eitel, hätte ich mich vor jede Kamera gestellt und auf Beifall gehofft. Und ich hätte ihn bekommen. Wahrscheinlich wäre ‚Retter des freien Griechenlands' die Schlagzeile gewesen. Vielleicht hätte man mir einen hohen Posten angeboten!"

„Verdient hättest du es. Irgendwie wurmt es mich, dass nur wenige um deine Rolle wissen! Und dann die Risiken. Wir hätten beide sterben können!"

„Du wärst gern Ehemann des ‚Retters' geworden? Wenn ich das gewusst hätte …"

„Nein. Es wäre vorbei mit unserem ruhigen Leben!"

„Eben. Deswegen wollte ich nichts für mich. Du bist mir mehr als genug! Wobei: was mich wurmt ist, dass sie nicht erwähnt haben, dass …"

„…du der schönste Bürgermeister des Landes bist!"

Alex lachte laut.

„Was gibt es da zu lachen?", fragte Angelos ernst und brach dann auch in Gelächter aus.

Danach sagte Alex:

„Angelos! Mir fehlen noch ein paar Teile!"

„Ich weiß, Alex. Wenn wir die Papers hatten, was hatte dann Nikos Karamanlis an Bord des Flugzeugs? Und was wollte er damit? Das meinst du doch?"

„Ja, es passt nicht!"

„Doch. Ich denke, Nikos war eifersüchtig auf Mustafa. Auf den Fotos ist Nikos nie mit drauf. Als der Alte starb, hat er natürlich dessen Papiere durchwühlt. Dann fand er eine Kopie der Namensänderung. Auf dem Zettel, den ich gefunden habe, war das gleiche Datum wie auf dem Formular für die Namensänderung. Die Papers hatte er nie."

„Warum hat Sokrates das Zeug aus dem ursprünglichen Versteck geholt und nach Renia gebracht?"

„Weil der Alte ihn nach 1974 im Stich gelassen hat und er war vollkommen verarmt. Eine Veröffentlichung hätte aber Sokrates nichts gebracht, denn Mustafa war noch weit von der Macht entfernt!"

„Er wollte nach Athen und den Premierminister, seinen Quasi-Bruder, erpressen?"

„Ich denke, so war es", sagte Angelos.

„Heißt: der Premierminister hat die Ermordung seines Bruder befohlen. Zuvor die von Sokrates. Und du lässt ihm das durchgehen?", fragte Alex.

„Ich habe nicht den Hauch eines Beweises!"

51

Und an der Stelle gilt mein Dank auch der Regierung in Athen, die den Bau dieses Kindergartens mit ermöglicht hat!"

„Weil der Herr Bürgermeister ein Erpresser ist und sein neuer bester Freund Mustafa heißt!" flüsterte Alex Angelos ins Ohr.

„Gewöhn dir das Mustafa bitte ab. Sei so gut!"

Die Menschen drängten sich nach vorne und schüttelten Angelos dankbar die Hände.

„Ich befürchte, deine Wiederwahl bringt ein kommunistisches Ergebnis. Außer du trittst wieder

in einen Fettnapf und erklärst den Bürgern noch einmal, dass sie selbst an allem schuld sind."
Angelos lächelte und ging zurück zum Mikro:
„Beinahe hätte ich es vergessen: Der Nächste, der seine Kindergartengebühren nicht bezahlt und drei Mahnungen abwartet, erscheint mit Namen auf unserer Facebook-Seite!"
Jetzt war Murren zu hören.
„Schon sind es wieder ein paar Punkte weniger. Nachdem ich das Kindergeschrei ertragen musste, möchte ich jetzt nach Hause. Und der Bürgermeister möchte gerne massiert werden!"
Alex lachte.
„Vorne oder hinten?"
„Blöde Frage. Beidseitig!"

Der Neue erscheint
am
24. Oktober

Royals

Zehn Seemeilen entfernt von Mykonos wird
ein großes Gasfeld entdeckt. Bürgermeister
und Kommissar Angelos Nikakis greift zu allen

(auch illegalen) Tricks, um Bohrtürme in der Ägäis zu verhindern.
Als dann eine Prinzessin des Emirats Katar während eines Besuchs auf Mykonos entführt wird, scheint es zunächst nicht so, als würde ein Zusammenhang bestehen. Wenige Tage später ist die Prinzessin tot – und Angelos Nikakis sitzt im Gefängnis.

Paul Katsitis – Der Putsch

1967 putscht in Griechenland das Militär. Hellas und auch Mykonos ächzen unter der Diktatur.
52 Jahre später gibt es wieder einen Regierungswechsel in Athen. Doch die Ereignisse von damals werfen ihre späten Schatten.
Ein Flugzeugabsturz und Kommissar Angelos Nikakis sorgen dafür, dass es zu einem politischen Erdbeben kommt.

Paul Katsitis – Glut

Der Alptraum aller Chora-Bewohner wird wahr. Ein Großbrand wütet in den engen Gassen der Stadt. Eine knifflige Aufgabe nicht nur für die Feuerwehr, sondern auch für

Kommissar und Bürgermeister Angelos Nikakis. Denn in einem Haus findet man eine Leiche. Ein Brandopfer, denken viele. Doch sie wurde erschossen. Drei weitere Morde und der Wiederaufbau lassen Angelos kaum Zeit Luft zu holen.

Paul Katsitis - Abseits

Im Stadion von Mykonos wird die Leiche eines Mannes gefunden. Da der Mann Fan von Olympiakos Piräus war, geraten alle Anhänger des Konkurrenzvereins Panathinaikos Athen in Verdacht. Die Indizien lassen zunächst keine andere These zu und der Hass zwischen beiden Lagern ist tatsächlich so groß, dass auch ein Mord im Bereich des Möglichen liegt.
Doch als Kommissar Angelos Nikakis in die Welt der Spielerscouts eintaucht, stellt er fest, dass es um ganz andere Dinge ging: um Menschenhandel, Pädophilie und natürlich eine Menge Geld!

Paul Katsitis – Die Maske

ohne Vorwarnung in den Rücken geschossen hat,
steht er bald unter Anklage.
Im Schatten des Prozesses gelingt es einem
neuen, besonders brutalen Drogenhändler,
genannt „Máská", sein Netzwerk auszubauen.
Und er zögert auch nicht, als sich ihm die
Gelegenheit bietet, Kommissar a.D. Angelos
Nikakis aus dem Weg zu räumen.

Paul Katsitis – Die Bestie von Mykonos

Zwei Kriminalbeamte, Alexandros und Angelos,
quittieren den Dienst und eröffnen gemeinsam
auf Mykonos eine Bar. Nebenher betreiben sie
eine kleine Privat-Detektei. Da die Polizei
chronisch unterbesetzt ist, werden Alex und
Angelos – wegen ihrer Erfahrung - regelmäßig
hinzugezogen.
Mykonos ist in Aufruhr. Offensichtlich foltert,
vergewaltigt und tötet ein Mann junge Touristen.
Um ihn zu stellen, bleibt nichts anderes übrig, als
dass Angelos den Lockvogel spielt – mit
furchtbaren Konsequenzen ...

Paul Katsitis – Rache

Im Kloster Ano Mera auf Mykonos wird ein Priester
tot aufgefunden, dessen Leiche übel zugerichtet

ist. Es sieht nach einem Rachemord aus – doch wofür?

Paul Katsitis - Hass

Es ist ein besonderer Fall für die beiden Ermittler Alex und Angelos Nikakis. Die Leiche eines jungen Mannes wird in den Dünen gefunden. Am und im Körper des Toten findet sich die DNA von Angelos. Er wird verhaftet. Zuerst geschockt von der Möglichkeit, dass Angelos Es ist ein besonderer Fall für die beiden ihn betrogen hat, beschließt Alex, den Beweisen nicht zu glauben.
Und hat Recht. Hinter allem steht nur eines:

Paul Katsitis – Inzest

Ein Bräutigam, der sich am Tag der Hochzeit vom Balkon stürzt und eine Mädchenleiche in einer Wagenpresse. Zwei Fälle für die beiden Ex-Kommissare Alex und Angelos Nikakis Zwei Fälle, die sich nach und nach aufeinander zu bewegen.

Paul Katsitis – Der-Drei-Sterne-Mord

Im besten Restaurant der Insel wird der Chefkoch, ehemals Leibkoch Gaddafis, mit durchschnittener Kehle aufgefunden. Ein schwieriger Fall für Alex und Angelos, zumal die eigene Familie mit beteiligt ist. Der Fall erfährt eine erstaunliche Wendung, als die beiden Ermittler erfahren, dass der britische Außenminister Mykonos besucht – auf dem Landsitz des griechischen Premierministers.

Paul Katsitis - Tattoo

Zwei Highlights stehen auf dem Programm des Wochenendes: ein hochdotiertes Beachvolleyball-Turnier und die Eröffnung der ersten Spielbank auf der Insel.
Nicht ins „Event-Wochenende" passen zwei Tote: ein 19-jähriger Junge und einer der Beachvolleyballspieler. An dessen „natürlichem Tod" haben die Ermittler Alex und Angelos so ihre Zweifel.

Paul Katsitis – Skalpell
Am Strand von Ornos wird eine Frauenleiche gefunden. Es ist die Tochter des Bürgermeisters. Der Leiche fehlen Nieren und Leber.
Doch es geht bei der Mordserie nicht nur um Organe, wie die beiden Ermittler Alexandros und Angelos Nikakis bald feststellen. Es existiert ein

komplexes Netzwerk, das verschiedene kriminelle Felder abdeckt, und so mancher Inselbewohner ist darin verstrickt.

Weitere Mykonos-Bücher

MYKONOS LOVE STORY
Von Michael Markaris

Auf der Suche nach weiterer Gay Literatur?

„Die Mykonos Love Story 1-11" von Michael Markaris.
Kommissar Pandis hat mit 53 sein Coming-Out und verliebt sich in den 29-jährigen Angelos

Bisher erschienen:

Hinweise

OPKE ist die Spezialeinheit der griechischen Polizei. In Griechenland unterstehen Polizei und Geheimdienst dem Militär.

EYP ist der griechische Geheimdienst.

Enosis nennt man die Vereinigung von Griechenland und Zypern, die es in der neueren Geschichte aber nie gab. Der Versuch, sie 1974 durchzusetzen, endete mit der türkischen Invasion und der Teilung Zyperns.

Kathimerini ist eine konservative Tageszeitung.